Yasemin Schreiber Pekin wurde in der türkischen Hauptstadt Ankara geboren, wo sie ihre Kindheit verbrachte. Sie studierte in Zürich Medizin und arbeitete in verschiedenen Krankenhäusern, auch in der dritten Welt.

Heute lebt und arbeitet sie als Gynäkologin und Psychotherapeutin mit ihrer Familie in Zürich. Daneben ist sie bei der Katastropheneinheit des Roten Kreuzes im Einsatz.

Beim Lesen ihrer Bücher taucht man in eine Welt sprudelnder Fantasie ein, wo sie all ihre beruflichen und persönlichen Erfahrungen auf witzige und spannende Weise liebevoll verarbeitet und genüsslich präsentiert.

Yasemin Schreiber Pekin

Pischmisch Tavuk

Band 1

Der Zwischenfall Dobrowsky

Teil 1: 2016

„Raten Sie mal, wer sich wieder angemeldet hat!“, begrüsste mich meine Sprechstundenhilfe Frau Meier schon auf der Schwelle meiner psychiatrischen Praxis. Ich hatte keine Ahnung, sah aber, dass sie fast platzte vor Vorfreude.

„Agnes, der Stress kommt wieder!“, verkündete Frau Meier.

Oh. Deshalb die Aufregung. Frau Meier ist nicht der Typ für Wortspiele. Ich glaube nicht, dass sie das absichtlich macht.

Agnes d’Estrées war mit grösseren Unterbrüchen seit fünfundzwanzig Jahren bei mir in der Psychotherapie. Sie verschwand zwischendurch für einige Jahre, tauchte dann wieder mit einer neuen haarsträubenden Geschichte auf. Sie gab an Ärztin zu sein. Wahrscheinlich stimmte das auch. Sonst machte sie keinerlei Angaben zu ihrer Identität und zahlte bar. Ich war mir ziemlich sicher, dass der Name erfunden war. Es gab Tage, an denen ich mich fragte, ob sie nicht sogar ihre ganze Lebensgeschichte erfunden hatte.

Andererseits gibt es ja auch Tage, wo ich mich frage, wer ich bin und warum.

Meine erste Begegnung mit Agnes d’Estrées fand im Jahr 1991 statt. Sobald sie sich nervös auf die Kante des Sessels mir gegenüber gesetzt hatte, erklärte sie, eigentlich brauche sie keine Psychiaterin. Sie wolle einfach nur ein wenig reden. Das ist die übliche Eröffnung, wenn jemand vom Fach zu mir kommt. So, als wäre es nur ein kleines bisschen besser mit mir zu reden, als in die Handtasche zu quatschen. Ich nehme es nicht persönlich.

Ich sei Psychiaterin und Psychotherapeutin, sagte ich. Aus Erfahrung weiss ich, dass das die Leute beruhigt. Anscheinend half ich Agnes, klarer zu denken. In diesen Tagen vor fünfundzwanzig Jahren befand ich mich mitten in der Scheidung. Ich war mir sicher, dass fast jede und jeder klarer denken konnte als ich, aber das band ich ihr nicht auf die Nase. Sie bat mich, ihre Akte getrennt von den anderen Krankengeschichten aufzubewahren. Damit meinte sie wohl einen Ort, wo sie vor den neugierigen Blicken Frau Meiers sicher wäre. Wunschgemäss bewahrte ich sie also nicht im Aktenschrank, sondern in der Schublade unter dem Besteck in der winzigen Küche auf. Natürlich las Frau Meier ihre Akte, so wie sie alle meine Notizen las. Sie betrachtete das als ihr Naturrecht.

„Vor drei Jahren war sie zum letzten Mal hier“, unterbrach Frau Meier meine Gedanken. „Vielleicht sass sie ja im Gefängnis.“ Das nahm Frau Meier immer an, wenn sich Agnes eine Zeit lang nicht blicken liess.

Frau Meier ist meine langjährige Sprechstundenhilfe. Früher war sie Käseverkäuferin in einer Molkerei gewesen. Sie sieht aus, als wolle sie gleich alle Nähte ihrer Bluse sprengen. Ihre dralle Figur und die rosigen Wangen haben sich in den letzten dreissig Jahren kaum verändert. Sogar die weissen Strähnen fallen in ihren blonden, gewellten Haaren nicht auf. Ich weiss nie, ob ich ohne sie in einem Chaos verloren ginge, oder ob ich das Chaos in meiner Praxis ihr zu verdanken habe. Jedenfalls leben wir schon seit mehreren Jahrzehnten im Zustand der Anarchie in vollkommener Abhängigkeit voneinander. Wenn eine von uns plötzlich stirbt, muss die andere Selbstmord begehen.

Frau Meier reichte mir die Mappe, die sie dramatisch „Akte A. d`E.“, beschriftet hatte, damit ich sie zu Hause in aller Ruhe noch einmal lesen konnte. Zu Hause hatte ich allerdings eine andere Fassung, die ich mit meinen persönlichen Notizen ergänzt hatte. Nach und nach war sie zu einem Manuskript geworden. Aber das brauchte Frau Meier nicht zu wissen.

Vor einigen Tagen kam aus heiterem Himmel der Brief eines Verlages, dass sie mein Buch veröffentlichen. Ich war nicht ganz nüchtern gewesen, als ich ihnen das Manuskript vor einem Jahr geschickt hatte. Ich machte den Verleger an meine Schweigepflicht als Ärztin aufmerksam und wollte einen Rückzieher machen. Er wischte meine Bedenken beiseite. Es genüge, wenn ich schreiben würde, jede Ähnlichkeit mit lebenden und toten Personen sei zufällig. Daneben riet er mir zu einem Pseudonym.

Gedankenverloren verliess ich am Abend die Praxis und fuhr nach Hause. Sobald ich die Haustüre hinter mir geschlossen hatte, zog ich die eleganten Klamotten aus, entfernte die Kontaktlinsen und schlüpfte in ein verwaschenes Sweatshirt und in die durch den Zahn der Zeit angenagten Plüschhosen. Das heisst, durchscheinend, laufmaschig und kuschelig. Ich bereitete mir eine Käseplatte vor, schenkte mir ein Glas Rotwein ein und machte es mir mit Simba, dem Kater auf der Couch bequem. Ich könnte das Bild auch anders beschreiben:

Einsam.

Der Vorabdruck meines Buches lag neben Simba auf der Couch. Der Kater drehte sich auf den Rücken und streckte alle vier Pfoten von sich wie ein angeschossenes Reh. Ich kraulte ihm den Bauch, rückte die Lesebrille zurecht und schlug das Buch auf. Die Geschichte begann vor fünfundzwanzig Jahren an dem Tag, als Agnes verzweifelt eine Psychotherapeutin gesucht und schliesslich gefunden hatte:

Mich.

Teil 2: 1991

Kapitel 1

Ich war gespannt auf die nächste Patientin. Sie hatte gestern angerufen und um einen dringenden Termin gebeten. Am liebsten sofort. Frau Meier, meine Sprechstundenhilfe, die mich und meine Agenda mit eiserner Hand regiert, erklärt in solchen Fällen, dass wir in den nächsten drei Monaten keine neuen Patienten mehr annehmen können. Das stimmt genau genommen nicht ganz. Bei meinen Schulden bin ich sogar bereit, Nachtschichten einzulegen. Laut Frau Meier ist es aber schlecht fürs Geschäft, wenn die Kunden das merken. Sie sagt oft solche Sachen, als würde sie immer noch in ihrer Molkerei Käse verkaufen. Als die neue Patientin am Telefon sagte, sie sei selbst Ärztin und habe viel Gutes von mir gehört, liess sich Frau Meier jedoch schnell erweichen.

Dass mir mein guter Ruf vorauseilt, beeindruckte meine Sprechstundenhilfe. Sie plusterte sich den ganzen Tag damit, dass sich andere Ärzte bei uns Rat suchten. Punkt 15 Uhr klingelte bei mir das interne Telefon und Frau Meier verkündete wie ein Herold:

„Frau Doktor Agnes der Stress ist eingetroffen!"

Meine Praxis ist so klein, dass ich ihre Stimme auch ohne das Telefon laut und deutlich hören konnte. Ich ging Frau d'Estrées im Wartezimmer holen. Ich schätzte sie, von Frau zu Frau und mit Wohlwollen betrachtet, auf Ende zwanzig. Etwas jünger als ich. Um zehn Jahre, genau genommen. Mit ihrem dunklen Pferdeschwanz und den grossen Augen sah sie vielleicht auch jünger aus, als sie war. Ebenfalls wie ich. Allerdings nicht heute. Am Morgen war ich mit violetten Augenringen aufgewacht. In meine lockige Kurzhaarfrisur hatten sich drei graue Haare gemischt. Ich war mir sicher, dass sie noch nicht da gewesen waren, als ich mich gestern schlafen gelegt hatte. Agnes war etwas kleiner als ich, und hatte eine sportliche Figur. Keine Ahnung, warum ich mich in Gedanken mit ihr verglich, aber meine molligen Rundungen fielen mir neben ihr unangenehm auf. Ich überlegte, ob sie ihre Haare färbte.

Nervös setzte sich Frau d'Estrées in den Sessel mir gegenüber. Ich lächelte und nickte ihr beruhigend zu.

„Nennen Sie mich bitte Agnes", sagte sie.

„Nennen Sie mich Frau S.", rutschte es mir heraus.

Ich fasste mich an die Stirn. Tolle Vorstellung. Am liebsten hätte ich mir eine Ohrfeige verpasst. Ich lächelte und nickte, während sie mich mit gerunzelter Stirn anschaute.

„Ich fühle mich wie ein gekochtes Huhn", begann sie.

Ich merkte, dass ich immer noch nickte und hörte damit auf.

Sie lächelte verlegen. „Ein Freund von mir nennt es pischmisch tavuk. Es ist ein türkisches Sprichwort. Ein Huhn wird gejagt, geköpft und gerupft, bevor es gekocht wird. Wenn sich ein Mensch so fühlt, als wäre er schlimmer dran als das Huhn, nennt er ihn ein gekochtes Huhn. Pischmisch tavuk."

Pischmisch tavuk, ja? Ich massierte meine Schläfen.

Agnes holte tief Luft. „Ich möchte Ihnen meine Lebensgeschichte erzählen. Seit Tagen spult sich alles in meinem Kopf immer und immer wieder ab. Ich kann einfach nicht abschalten." Sie zögerte. „Bleibt das aber auch ganz sicher zwischen uns?", fragte sie unsicher.

Aber ja, klar. Warum glauben die Leute alle bloss, ihr Leben sei so interessant, dass man ein Buch darüber schreiben möchte.

„Egal, was ich Ihnen erzähle?"

Ich hatte mir immer gewünscht, jemand würde mir vom Giftmord an ihrem Ehemann berichten. Oder sonst irgendetwas Spannendes. Ich versicherte ihr, dass kein Wort davon jemals bekannt würde. Sie entspannte sich ein wenig.

„Ich sollte zu einem Bewerbungsgespräch in einem Krankenhaus. Ich weiss nicht, ob ich überhaupt hingehen soll, weil ...", begann Agnes d'Estrées. Ich nickte ihr bestätigend zu.

„Ich arbeitete schon vor ein paar Jahren dort. Damals war ich noch eine Studentin." Sie machte eine Pause.

„Es gab einen Zwischenfall."

***

Am Tag zuvor war Agnes am Verzweifeln gewesen. Den Psychotherapeuten dieser Stadt schien es gut zu gehen. Die letzte Sprechstundenhilfe, die sie an der Strippe gehabt hatte, schnaubte wie ein Pferd, als sie hörte, dass Agnes den Notfalltermin nicht in einem halben Jahr, sondern sofort brauchte. Dann fragte sie Agnes unsicher, ob sie sich umzubringen gedenke. Wenn ja, hätte sie da die Nummer einer Arztpraxis für solche Fälle. Es raschelte eine Weile, dann sagte sie „Ach ja, da ist sie ja" und gab die Nummer durch. „Dort kommen sie ganz bestimmt unter, die nehmen im Moment jeden."

Agnes war zwar nicht wirklich so ein Fall, aber sie hatte den ganzen Tag auf der Suche nach einem Psychotherapeuten ihre Zeit verschwendet und war allein schon deshalb deprimiert. Bevor sie der Mut ganz verliess, wählte sie die Nummer. Sie erzählte, sie sei selbst Ärztin und hätte viel vom guten Ruf des Kollegen gehört. Zu spät fiel ihr auf, dass es sich um eine Kollegin handelte, aber die Dame in der Leitung war so entzückt über die Schmeichelei, dass sie es gar nicht bemerkte. Am Tag darauf konnte sie schon zu ihrer ersten Therapiesitzung gehen. Der Name der Ärztin sagte ihr nichts. Zum Glück. Sie wollte ja nicht alten Kollegen begegnen.

Später am Abend dachte sie, dass es doch keine gute Idee war, jemanden einzuweihen. Sie ging leise ins Zimmer, welches sie seit einem halben Jahr mit ihrer Tochter Nicole teilte. Ihr Bruder Egon und seine Frau Elfie hatten sie und Nicole ganz selbstverständlich aufgenommen, als Agnes aus Haiti geflohen war. Sie hatte es sehr gut mit Egon und Elfie, die ihre kleine Nichte abgöttisch liebten. Aber es war eng. Agnes wollte auf eigenen Beinen stehen, bevor sie den beiden auf die Nerven zu gehen begann. Das Krankenhaus in Blumenthal war das einzige Angebot. Und der letzte Ort, wohin es sie zog. Dicht gefolgt von Haiti.

Sie deckte ihre Tochter zu. Wie immer schlief Nicole mit halb offenen Augen. Sie murmelte im Halbschlaf, lächelte und begann wieder leise zu schnarchen. Am liebsten hätte Agnes sie geweckt und geknuddelt. Agnes` Stimmungen waren wechselhaft wie ihr Leben. Als sie später, nach einer halb geleerten Karaffe Daiquiri, entspannt mit Elfie und ihrem Bruder im Wohnzimmer sass, konnte sie sich nicht mehr erinnern, warum sie vor der Begegnung in Blumenthal solche Angst gehabt hatte. Ihre Schwägerin Elfie meinte, unter keinerlei Umständen sollte sie sich die Chance entgehen lassen.

„Auf deine steile Karriere!“, kicherte Elfie. Sie stiessen an. Dann stiessen sie noch einige weitere Male an.

„Deine peinlichen Liebesgeschichten werden alle inzwischen vergessen haben“, nuschelte ihr Bruder Egon, als die zweite Karaffe Daiquiri auch schon fast leer war.

„Es hasst dich sicher auch niemand mehr nach all dieser Zeit“, meinte Elfie.

„Sogar Mord verjährt nach einigen Jahren“, lallte Egon.

Jetzt wusste sie auf einmal wieder, warum sie nicht zurück nach Blumenthal wollte. Und warum es wahrscheinlich keine gute Idee war, ihre Geschichte der Psychotherapeutin zu erzählen.

***

„Sie wollten von diesem Zwischenfall erzählen", ermutigte ich Agnes. Sie hatte schon eine Weile schweigend da gesessen. Auf der äussersten Kante meines Therapiesessels, als wollte sie die Flucht ergreifen.

„Also, es war 1986", begann sie stockend. „Ich hatte eine Stelle als Unterassistentin in der Gynäkologie im Provinzkrankenhaus in Blumenthal. Der Chefarzt hiess Erwin Koller ... Dann gab es diesen ... Zwischenfall." Sie holte tief Luft. „Ich fange mit Doktor Dobrowsky an. Er war der Zwischenfall."

Eine Weile rutschte sie nervös auf dem Sessel hin und her, räusperte sich, während ich geduldig wartete.

„Eigentlich ist es ja meine Lebensgeschichte. Also bin ich die Hauptperson", sagte sie wie zu sich selbst und lächelte unsicher. „Aber ich lasse auch Nebenrollen zu Wort kommen. Sonst denken Sie noch, ich wäre allein an diesem ganzen Schlamassel schuld."

Ich seufzte. Leider nicht nur innerlich, was die Frau zusammenzucken liess. Musste ich jede Irre dieser Stadt ertragen? Ja, musste ich wohl, wenn ich den Scheidungsanwalt bezahlen wollte.

„Ich erzähle aus der Sicht von Dobrowsky."

Ich seufzte noch einmal, lauter.

***

Ich heisse Hermann Dobrowsky. Mein Grossvater war, wie auch sein Vater, Hilfsarbeiter in einer Bierbrauerei in Böhmen gewesen. Als er in die Schweiz einwanderte, träumte er davon, seinem alten Leben zu entkommen. Da er selbst nicht lesen und schreiben konnte, half ihm an der Grenze ein amerikanischer Kriegsveteran, den er kurz zuvor kennen gelernt hatte, mit dem Papierkram. Dem Amerikaner gefiel die Version mit sky am Ende und es blieb bei Dobrowsky. Heute kennt niemand mehr die ursprüngliche Schreibweise meines Namens.

Ich bin kein Menschenfresser, wie viele glauben. Ich beisse mich nur kräftig durchs Leben. So wie mein Grossvater. Allerdings brachte ihn das auch nicht weiter. In der Schweiz landete er als Hilfsarbeiter in der Hürlimann Brauerei.

Als ich Erwin Koller kennen lernte, hatten wir beide noch volles Haar. Zwei schüchterne Gymnasiasten, zwei Aussenseiter, die sich gefunden hatten. Die anderen Schüler sprachen es zwar nicht aus, aber es liess sich auch nicht leugnen, dass Koller und ich Proletarier waren. Trotz seines pompösen Familiennamens war mein Vater ein ungelernter Arbeiter gewesen wie sein Vater. Beide tranken gerne mehr als es gut für sie war. Was Kollers Vater tat, wusste niemand. Wir zwei Gymnasiasten gingen nach der Schule Bier trinken und zocken, die anderen nicht. Ich weiss bis heute nicht, was die taten. Es war Kollers Idee, uns fürs Medizinstudium anzumelden.

„Dobby, da gibt es Kohle ohne Ende“, erklärte er mir. Noch während des Studiums, begann er von der Gynäkologie zu schwärmen.

„Dobby, da gibt es nackte Frauen ohne Ende“, sagte er. Mich interessierte das Fach damals nicht. Im Gegenteil, ich fand es abstossend.

Nach unserem Abschluss machten wir uns auf Stellensuche. Wie es der Zufall wollte, kamen wir beide im gleichen Krankenhaus in der gynäkologischen Abteilung unter. Meine erste Wahl war es nicht, aber die einzige andere freie Stelle war auf der Urologie gewesen, und das kam nun definitiv nicht in Frage. Mit der Zeit gewöhnte ich mich an meine Arbeit. Ich tat, was getan werden musste und abends ging ich mit Kollegen ein paar Bier trinken. Koller war so gut wie nie mehr dabei.

„Koller, es gibt den Typ väterlicher Gynäkologe und den Typ Frauenheld. Du musst dich für einen entscheiden", riet ich ihm. Er liess sich einen Schnurrbart und einen Bauch wachsen. Er begann langsam und bedächtig zu sprechen. Damit schien er Erfolg zu haben.

Eines Abends sass ich mit ein paar Arbeitskollegen im Biergarten. Der eine hiess Markus, an die Namen der anderen zwei erinnere ich mich nicht mehr. Junggesellen wie ich, auf die niemand zu Hause wartete oder junge Väter, die sich gern mit einem Bier stärkten, bevor sie sich dem häuslichen Chaos widmeten. Koller hatte Arbeit vorgeschoben und war nicht mitgekommen. Es war ein lauer Sommerabend. Marion gesellte sich zu uns und bestellte sich ein Bier. Sie war ebenfalls Assistenzärztin, blond, mit einer grossen Brille und kurvig. Ich hatte bisher nicht viel mit ihr zu tun gehabt. Ich mochte auch keine Frauen, die Bier tranken. Sie stiess mit uns an und dann lachte sie über irgendetwas, was Markus sagte. Ihr Lachen war so kehlig wie sie kurvig war. Es jagte mir kleine, heisse, sehnsüchtige Wellen durch das Rückenmark bis in die Zehen.

„Koller hat sich als Oberarzt beworben", sagte Marion nach einer Weile. Ich fiel beim Lachen fast vom Stuhl.

„Da würde ich mich ja besser eignen“, behauptete ich. Als niemand etwas sagte, redete ich weiter. Ich fühlte mich wie damals mit acht Jahren, als ich behauptet hatte, ich könne Kung Fu und mir bei der Demonstration selbst einen Milchzahn ausgeschlagen hatte. Sogar die Lehrerin hatte gelacht, während sie mir wie einem Kleinkind die Nase putzte.

Sie lächelten höflich, tranken ihr Bier und wechselten das Thema. Markus schaute auf seine Uhr, streckte sich ausgiebig und meinte, er müsse nach Hause. Die anderen standen hastig auf und verabschiedeten sich ebenfalls. Ich bestellte mir noch ein Bier, um den galligen Geschmack in meinem Mund zu vertreiben. Ich wusste, dass Koller nicht besonders beliebt war. Nicht unbeliebt, eher unbeachtet. Bei mir war das anders.

Am nächsten Morgen stand ich in aller Frühe auf. Auf neunzehn Ballone schrieb ich je einen Buchstaben. In richtiger Reihenfolge aufgehängt ergab es „Oberarzt Erwin Koller“. Ich freute mich auf das Gesicht Kollers, wenn er die Ballone sah und zugeben musste, dass er die Stelle doch nicht bekommen hatte. „Du kannst die Ballone trotzdem behalten“, würde ich ihm dann sagen.

Dann endlich kam Koller herein, stutzte, errötete und begann zu kichern. Das war nicht die Reaktion, die ich erwartet hatte. Dann trat auch der Chefarzt herein.

„Also, ich wollte es erst nächste Woche bekannt geben, aber offenbar wissen es schon alle! Herr Koller wird unser neuer Oberarzt!“

Koller strahlte wie ein Honigkuchenpferd. Marion sagte: „Dobrowsky glaubte nicht daran, dass es mit der Oberarztstelle klappen würde." Alle lachten. Koller und ich starrten einander an. Sein Lächeln erstarb.

Koller als Oberarzt zu haben, war nicht so schlimm, wie ich zuerst dachte. Es war einfach, ihn zu quälen. Heutzutage würde er zur Mobbingberatung gehen. Damals nannten wir es Schikanieren. Niemand machte grossen Aufhebens darüber. Unüblich war damals noch, den Vorgesetzten zu schikanieren. Untergebene quälen konnte schon jeder.

Um Koller zu ärgern, erfand ich eine peinliche Frauengeschichte. Ich erzählte beim Mittagessen in der Kantine, sie habe mir nach dem ersten Date mit Koller anvertraut, sie hätte schon interessantere Gespräche mit ihrem Schinkenbrot geführt. Koller kam mit seinem Tablett, setzte sich lächelnd zu uns und blickte verträumt in die Gegend. Um ihn zu reizen, schnippte ich mit den Fingern vor seiner Nase und sagte:

„Zum Träumen ist die Nacht da!"

„Die Nacht ist noch für ganz andere Sachen da!", antwortete Koller und grinste besserwisserisch. Ein paar Tage später verkündeten Koller und Marion, dass sie ein Paar wären.

***

Mitten in der Geschichte Dobrowskys klopfte Frau Meier an die Türe. Sie stürmte herein und flüsterte mir laut ins Ohr, mein Anwalt sei am Telefon. Ich entliess hastig Frau d'Estrées. Sie könne übermorgen um die gleiche Zeit kommen und weiter erzählen, sagte ich.

***

„Ich fühle mich wie ein gekochtes Huhn. Pischmisch tavuk!“

Agnes sagte den Satz noch einige Male mit einer affektierten, hohen Stimme. Danach fühlte sie sich noch schlechter. Und dann hatte sie es noch schlimmer gemacht mit:

„Ich lasse auch Nebenrollen zu Wort kommen!“

Wie hatte sie nur auf Elfie hören und ihre erste Psychotherapiestunde mit Dobrowskys Geschichte beginnen können? Elfie meinte kleinlaut, sie könne sich gar nicht daran erinnern, ihr so etwas Dummes geraten zu haben. Sie könne sich an überhaupt nichts mehr erinnern. Sie müsse immer noch kotzen, wenn sie nur an Daiquiri denke. „Na, danke auch Elfie“, dachte Agnes bitter. Frau S., die Psychotherapeutin hielt sie wahrscheinlich für eine entlaufene Irre.

Andererseits, was sollte sie von einer Psychiaterin halten, die sich Frau S. nannte. Sonst war sie ja in Ordnung. Wenn sie nicht ständig seufzen oder einen verkniffenen Mund machen würde, wäre sie sogar sympathisch. Aber etwas merkwürdig war sie schon. Mitten in der Therapiestunde hatte ihre Sprechstundenhilfe an die Tür geklopft, war hereingestürmt und hatte ihrer Chefin laut wie ein Nebelhorn ins Ohr geflüstert, ihr Anwalt sei am Telefon. Frau S. war erbleicht und hatte Agnes hinaus bugsiert.

Kapitel 2

Agnes d'Estrées kam zu meiner Überraschung in ihre zweite Therapiestunde. Ich hatte angenommen, ich würde die Frau nie wiedersehen, nachdem ich sie vorgestern mitten im Gespräch hinausgeworfen hatte. Sie wirkte noch unsicherer als bei unserer ersten Begegnung.

„Hören Sie, sie dürfen nicht denken, ich bin ein Fall für die Psychiatrie. Die Lebensgeschichte Dobrowskys, die kenne ich, weil er damals meiner Schwägerin Elfie sein Herz ausgeschüttet hat. Ich dachte, es fällt mir leichter, wenn ich es aus seiner Sicht erzähle."

Ich nickte verständnisvoll. Ich kenne mich aus mit Männern, die endlos schwafeln. Gerald, mein Ex, verflucht sei sein Name, der mich früher mit Schweigen gestraft hatte, hörte in letzter Zeit gar nicht mehr auf zu quasseln. Mit Vorliebe vor dem Scheidungsrichter.

„Erzählen Sie doch, wie es weiterging. Sie können heute auch Erwin Koller sein, wenn Sie möchten", sagte ich. Es war ein Scherz.

„Ich kann es probieren", sagte sie. Meine Augenbrauen schossen unwillkürlich in die Höhe.

„Schüttete er sein Herz auch bei Ihrer Schwägerin aus?"

„Nein, er nicht. Aber seine Frau plauderte gern."

Ich glaube, Agnes d'Estrées leidet unter einer multiplen Persönlichkeitsstörung. Vielleicht sollte ich ihr sagen, dass sie in diesem Fall zu einem richtigen Psychiater gehen sollte. Nicht zu einer, die so begriffsstutzig war, dass ihr der Ehemann erklären musste, dass der eingeschriebene Brief mit dem Scheidungsantrag kein dummer Scherz war, über den sie kichern sollte. Trotz meines psychologischen Feingefühls hatte ich nicht geahnt, dass Gerald aufgehört hatte, mich zu lieben.

Andererseits wirkt Agnes recht normal für eine Geistesgestörte. Ich habe wenig Erfahrung mit so schweren Fällen. Bei mir landen sonst nur die Einsamen und Gehemmten, die sich oft nicht mal aufraffen können, ihre Arztrechnungen zu bezahlen.

Sie begann zu erzählen. Dieses Mal aus der Perspektive des Chefarztes Erwin Koller. Schon als sie Dobrowsky erzählen liess, war mir aufgefallen, dass sich ihre Stimme verändert hatte. Sie hatte sich auch anders hingesetzt. Breitbeinig, selbstsicher. Auch jetzt ging eine Veränderung mit ihr vor. Kaum merklich zwar, aber doch eindeutig sah sie jetzt grösser aus. Mit einer tiefen Stimmlage, langsam und bedächtig, fing sie an zu erzählen. Es war unheimlich.

***

Ich, Erwin Koller, Chefarzt für Gynäkologie und Geburtshilfe im Krankenhaus Blumenthal, sass in meinem Büro und grübelte. Ich grübelte in meinem rechten Ohr. Ich bin ein leidenschaftlicher Ohrengrübler. So wie andere Menschen Nasenbohrer sind. Mit Widerwillen zog ich den kleinen Finger aus dem Ohr. Ich musste eine Tablette nehmen. Seit Dobrowsky, von dem ich geglaubt hatte, ich würde seine Visage nie mehr ertragen müssen, sich in Blumenthal niedergelassen hatte, brauchte ich eine Menge Tabletten.

Immer wenn ich kann, flüchte ich in mein Büro. Aus dem Fenster habe ich eine herrliche Aussicht auf einen Park mit englischem Rasen. Dieser Teil des Gartens ist für Patienten nicht zugänglich. Vom Personal wird er gemieden, da es sich von mir beobachtet fühlt. So stört niemand meine Aussicht. Wenn ich mich in mein Büro zurückziehe, vergesse ich für einen Moment allen Ärger, die meine Position als Chefarzt täglich mit sich bringt. Der einzige Nachteil ist, dass es an das Büro der Assistenzärzte grenzt. Durch die dünnen Wände höre ich ihr dummes Geschwätz.

Es klopfte an der Türe. Fräulein Sarah, meine Arztgehilfin, Sekretärin und rechte Hand, - nicht die, mit der ich so gerne in meinem Ohr grüble -, steckte den Kopf rein. Sie sagte, dass sich die Patientin mit dem Pilzinfekt abgemeldet habe. Meine schlechte Laune verstärkte sich noch. Vermutlich sass die Frau jetzt im Wartezimmer Dobrowskys und kratzte dort ihren Schritt. Gegen Patientenklau war man machtlos.

Fräulein Sarah führte die nächste Patientin herein. Ein Urininkontinenzfall. Mein Lieblingsthema. Nach einigen Kämpfen mit den Strümpfen, der Unterwäsche und meinen Instrumenten, war ich schon dabei, ihr mein Fachwissen über die Feinheiten der weiblichen Urininkontinenz zu vermitteln, noch bevor sie wieder aufrecht sass. Jede Frau mit ihrer besonderen Art des Einnässens ist eine Faszination für mich. Mitten in meinem Vortrag kramte Frau Weber etwas aus ihrer Handtasche.

„Meine Freundin macht damit Beckenbodentraining." Sie packte umständlich etwas Langes, Glänzendes aus, das sie in ein Tuch eingewickelt hatte.

„Was ist das?", rief ich überrascht.

„Das ist ein Plexiglasphallus", erklärte Frau Weber, sich vor Verlegenheit windend.

Das sah ich auch. Einer in absurder Grösse. Ich schaute sie schweigend an. Das Blickduell mit Patientinnen gewann ich meistens. Frau Weber war inzwischen rot geworden wie eine Himbeere. Ich schwieg immer noch. Was hatte sie sich auch vorgestellt? Betrieb ich einen Sexshop? Schnell packte sie das Ding wieder ein. Als sie wenig später meine Praxis verliess, wusste ich, ich würde sie nicht mehr wiedersehen.

Ich sollte wohl mein Therapieangebot erweitern. Wenn nur dieser neue Oberarzt Lindemann etwas taugen würde. Ich musste mit ihm reden. Und ich musste herausfinden, wo man einen zu einem Domportal passenden Plexiglasphallus bestellte.

***

Als Agnes von einem Phallus sprach, der zu einem Domportal passte, schreckte ich aus meinen finsteren Gedanken auf. Ich hatte gerade wieder an Gerald gedacht. Also nicht unbedingt wegen des Phallus und Domportals. Obwohl ...

Ich konnte mich nicht konzentrieren. Gerald, mein Ex, verflucht sei sein Name... Und ja, ich weiss, es ist kindisch, ihn so zu nennen, aber es tut gut. Also, Gerald spukte mir dauernd im Kopf herum. Am

Morgen hatten wir einen Gerichtstermin. Gerald erschien tadellos gekleidet. Er sah für mich immer noch aus wie vor achtzehn Jahren, als ich ihn kennen gelernt hatte. Seine Gesichtszüge waren zwar leicht erschlafft, die Schläfen ergraut, aber er war immer noch attraktiv. Er begrüsste mich mit einem charmanten Lächeln, als würde er sich darauf freuen, eine nette Bekannte zu treffen. Sein Anblick tat mir körperlich weh.

Gerald ist der einzige Mann, von dem ich gehört habe, dass er von seiner Exfrau Unterhaltszahlungen verlangt. Man hört immer wieder von Männern, die eines Tages aus heiterem Himmel vom Anwalt der Ehefrau einen Brief bekamen und ehe sie es sich versahen, ohne Kinder, ohne Haus und ohne Geld da standen. Mir tun all die armen Schweine leid. Aber ich hatte nicht gewusst, dass es auch eine Frau treffen konnte. Und erst noch mich. Zum Glück hatten Gerald und ich wenigstens keine Kinder. Ein Thema, das ich schon früh abgehakt hatte, weil Gerald unfruchtbar war. Er hatte mir das fairerweise mitgeteilt, bevor wir heirateten. Es gab auch keinen Anwaltsbrief. Er war selbst Anwalt.

Gerald war Engländer. Ich hatte ihn bei einem Auslandspraktikum während des Studiums kennen gelernt. Er war zwölf Jahre älter als ich und arbeitete damals in einer Anwaltskanzlei. Er eroberte mich im Sturm mit seinem Charme, seiner Selbstsicherheit und Lebenserfahrung. Nach Ende meines Praktikums kehrte ich, krank vor Liebe, in die Schweiz zurück. Einige Jahre führten wir eine Fernbeziehung. Eines Tages sass ich allein in meiner Studentenbude, lernte auf die Abschlussprüfungen und dachte an Gerald. Ich sehnte mich so sehr nach ihm, dass ich das dicke

Buch vor mir zuklappte und laut seinen Namen rief. Im selben Moment ging die Tür auf und Gerald stand auf meiner Türschwelle. Ich schrie vor Schreck wie Kevin allein zu Hause. Er sagte, er hätte alles aufgegeben, um von jetzt an bei mir sein zu können.

Wir heirateten, damit er in der Schweiz bleiben konnte. Es war so romantisch, dass ich mich heute noch weigere zu glauben, dass alles eine grosse Lüge gewesen war. Ich ziehe die Bezeichnung „Gerald-Geschichte" vor. So tut es weniger weh. Eine Gerald-Geschichte ist eine grosse Gerald Lüge, an die Gerald selbst glaubt. Seine bankrotte Anwaltskanzlei und seine Schulden kamen in dieser Geschichte nicht vor. Dass er in der Schweiz nicht als Anwalt praktizieren konnte, war klar, aber, dass er gar nicht vorgehabt hatte, überhaupt je zu arbeiten, erkannte ich erst sehr viel später. Ich brachte nach dem Studium uns beide durch. Es machte mir nichts aus. Ich arbeitete gern und verdiente nicht schlecht. Ich hoffte nach zwölf Jahren Ehe immer noch, Gerald würde irgendwann eine bezahlte Stelle finden. Bei gewissen Fragen bin ich unheimlich naiv.

Gerald entwarf Logos, die niemand haben wollte. Er fertigte sie ungefragt an. Wenn er an einem dieser selbst erteilten Aufträge arbeitete, schlief er Nächte lang nicht, schmiedete Pläne, machte unzählige Entwürfe und hatte Tobsuchtsanfälle, wenn er eine Absage bekam. Dann betrank er sich und war Wochen lang depressiv. Er sass wie ein nasser Sack an seinem Arbeitstisch. Mit nach vorne gerollten Schultern, eingeknickt, als hätte man ihm das Genick gebrochen, starrte er mit trüben Augen in sein Glas und schimpfte vor sich hin. Anfangs fand ich ihn sogar in diesem Zustand noch sexy, wahrscheinlich, weil er auf Englisch schimpfte. Ich schwankte zwischen Liebe, Mitleid und Wut, hoffte aber jedes Mal mit ihm, wenn er mir mit funkelnden Augen von einer neuen Idee erzählte.

Meine Kreditschulden waren gerade bezahlt und meine Praxis lief gut, als Gerald nach zwölf Jahren Ehe die Scheidung einreichte. In der folgenden Zeit lernte ich Gerald als brillanten Anwalt in eigener Sache kennen.

Gerald blühte auf, als er endlich wieder im Gerichtssaal stehen durfte. Er genoss seine Auftritte vor dem Scheidungsrichter. Leider war er nicht der einzige. Der Unterhaltungswert unserer Scheidung war derart gross, dass im Gerichtssaal kein einziger Platz leer blieb. Gerald inszenierte regelrechte Theaterstücke. Die Lokalpresse war entzückt. Ich könnte schwören, auch der Richter und mein Anwalt freuten sich über unseren Prozess.

Auch heute Morgen hatte er eine brillante Vorstellung geliefert. Geralds Forderungen waren so absurd hoch, dass ich für den Rest meiner Tage Extraschichten schieben müsste, um den Unterhalt zahlen zu können. Wir konnten uns einmal mehr nicht einigen und der Prozess wurde vertagt. Vor dem Gerichtsgebäude erklärte mir mein Anwalt geduldig, Gerald habe Anrecht auf diese Unsumme, weil er an einen hohen Lebensstandard gewohnt sei. Ich schäumte vor Wut.

„Ein schlauer Fuchs, dieser Gerald, wirklich …“, sagte mein Anwalt mit mehr Bewunderung in der Stimme als es angebracht war. „Wie er die Verteidigung aufbaut … Ein gerissener Hund, wirklich …“

Die Wampe des Anwalts wippte auf und ab, während er lachte. Mit Mühe nahm er sich zusammen und setzte wieder eine professionelle Miene auf.

„Aber machen Sie sich keine Sorgen, wir kriegen ihn schon noch dran. Schlimmstenfalls müssen Sie damit rechnen, dass Sie zwei Jahre lang bezahlen werden. Nachher muss er sich eine Stelle suchen. Es sei denn ..."

„Es sei denn was?", schrie ich.

„Ach, machen Sie sich keine Gedanken", riet er mir und eilte davon.

Zurück in der Praxis erklärte ich meiner Praxisassistentin Frau Meier unter Tränen, dass ich ihren Lohn nicht mehr zahlen könne. Frau Meier überlegte kurz und sagte dann:

„Ich habe eine Idee, wie wir schnell zu Geld kommen können."

Ich trocknete meine Tränen. „Ja?"

„Sie haben ein fotografisches Gedächtnis und ich habe ein Talent für Zahlen", begann sie zu erklären.

Ich schob die Gedanken an Frau Meiers Plan und an Gerald beiseite und widmete mich wieder Agnes.

„Sie sagten, sie seien Praktikantin gewesen im Krankenhaus Blumenthal. Dort lernten Sie auch diesen Dobrowsky kennen." Agnes nickte.

„Erzählen Sie doch mal, wie es für Sie als Praktikantin damals war", schlug ich vor.

„Mein Bruder Egon ist zwei Jahre älter als ich. Er war mit dem Studium fertig und arbeitete schon ein paar Monate als Assistenzarzt in Blumenthal. Durch Egon erfuhr ich, dass sie dort eine Praktikantin suchten. Die Gynäkologie war meine zweite Praktikumsstelle. Zuerst war ich auf der Inneren Medizin."

„Wie lernten Sie Dobrowsky kennen?", fragte ich.

„An jenem Abend fand eine interne Weiterbildung statt. Ich weiss noch, ich war sehr in Eile. Ich musste vorher noch meinen Bericht fertig tippen ...", begann Agnes zu erzählen.

***

Ich hämmerte in die Tasten der alten Schreibmaschine. Ich musste mich beeilen und ignorierte die Tippfehler. Das Tipp-Ex war eingedickt, überall wo ich es hingeschmiert und ungeduldig darüber geschrieben hatte, war die Tabulatur weiss verfärbt. Die Maschine war eine der letzten Exemplare ihrer Art, vergessen in einem Assistenzärztebüro. Der Rest des Krankenhauses war auf moderne elektrische Schreibmaschinen mit Korrekturband umgestiegen.

„Burteilug und Prcdere", tippte ich eilig und machte einen Doppelpunkt. Den nächsten Satz musste ich von einem Blatt ablesen. „Obstruktive hypertrophe Kardiomyopathie als Spätstadium einer kongestiven Herzinsuffizienz mit Kardiomegalie."

Wer hatte sich denn so etwas ausgedacht? Ich hatte gemeint, die Patientin sei einfach nur alt. Aber so formulierte wohl Brunner, der Chefarzt der Inneren Medizin, das Altsein.

Ich tippte die endlose Liste der vorgesehenen Untersuchungen für die sechsundneunzig Jährige. Ich riss das Blatt heraus und rannte los. Um die

Laborbefunde musste ich mich später kümmern. Um halb sieben fing die Fortbildung an. Ich schlich mich in den Konferenzsaal und setzte mich neben meinen Bruder Egon. Brunner hatte schon angefangen ein Blatt nach dem anderen auf den Hellraumprojektor zu legen. Mir brummte der Kopf jetzt schon. Ich schaltete auf stumm. Es war weit lustiger Brunner zuzuschauen, wenn der Ton abgeschaltet war. Er stampfte mit den Füssen, wedelte mit den Händen und unterstrich seine Worte mit der Faust, als wollte er jedes Wort in unsere Köpfe einhämmern. Ich schaute verstohlen um mich. Egon neben mir gähnte herzhaft und einem Kollegen daneben fiel schon fast der Kopf von seinem Hals. Plötzlich schrie Brunner: „Laxantienabusus!" und schreckte alle auf. Eingeschüchtert schrieb ich mit.

Ich hatte auf Brunners Abteilung schon fast drei Monate als Praktikantin gearbeitet. Der Mann war ein Irrer. Vor einem Monat hatte er alle mit der Nachricht überrascht, er habe sich mit Rita Krieg, einer jungen Laborantin, verlobt. Normalerweise reizbar wie ein Sack voll Katzen, strahlte Brunner über das ganze Gesicht. In diesen euphorischen Tagen bot er jedem das Du an. Einmal, als ich mit Elfie, der Physiotherapeutin, beim Mittagessen war, setzte er sich an unseren Tisch und erzählte von einer Urschreitherapie. Elfie und ich hörten höflich zu und tauschten ratlose Blicke. Auf einmal packte er uns an je einem Arm und schleppte uns zu seinem Auto. Wir fuhren fünf Minuten, bis wir in den Wald kamen. Elfie formte mit den Lippen: „Rausspringen?" Aber es war schon zu spät, Brunner parkte den Wagen und liess uns aussteigen. Dann warf er den Kopf in den Nacken und stiess einen gewaltigen

Schrei aus. Danach fuhren wir wieder zurück. Wortlos liess er uns vor dem Krankenhaus aus dem Wagen.

Einige Tage später schlug Brunners Stimmung wieder um. Seitdem ging man ihm lieber aus dem Weg und siezte ihn wieder. Nächste Woche würde ich meine Stelle auf der Gynäkologie antreten. Ich freute mich darauf.

Brunner war mit seinem Vortrag fertig. Ich eilte zum Labor, bevor die Apparate ausgeschaltet wurden. Zu meinem Erstaunen drang fröhliches Gelächter aus dem Raum. Alle vier Laborantinnen hatten sich um einen Mann versammelt. Der Mann drehte sich um. Es war Dobrowsky, der neue Gynäkologe im Hause.

„Ah, noch jemand, der um diese Zeit arbeiten muss!“, rief er fröhlich.

„Ich komme, wegen der Resultate. Ein Notfall ...“, sagte ich unsicher.

Rita schoss schuldbewusst davon und fing an mit ihren Apparaten herum zu hantieren.

„Komm Mädchen, mach mal eine Pause“, lachte Dobrowsky. Er schenkte mir ein Glas Champagner ein und stellte sich als „Hermann“ vor. Ich sah, dass es die zweite Flasche war, die sie leerten. Die Stimmung war entsprechend locker.

„Es gibt keine Notfälle in der inneren Medizin“, meinte Dobrowsky. Er schaute kurz auf das Blatt in meiner Hand und sagte: „Deine Patientin muss ja Wilhelm Tell noch persönlich gekannt haben. In diesem Alter eilt nichts mehr. Aber wenn du meinst, es sei dringend, kann Rita diese Nacht die Laborwerte ja Brunner ins Ohr flüstern.“

Rita wurde über und über rot. Alle anderen lachten champagnerenthemmt. In diesem Moment traf der Pizzalieferant ein. Dobrowsky zauberte eine weitere Flasche Champagner hervor und teilte seine Pizza mit mir. Irgendwie tauchten immer weitere Flaschen auf, die sich schnell leerten. Kurz nach Mitternacht erinnerte sie Dobrowsky daran, dass sie am nächsten Tag alle arbeiten mussten. Er anerbot sich, Rita, die Dienst hatte und kaum noch stehen konnte, beim Abwasch zu helfen. Wir anderen schwankten kichernd hinaus. Mit einiger Mühe gelang es mir, meine Zimmertüre im Personalhaus zu öffnen. Ich liess mich mit den Kleidern aufs Bett plumpsen. Brunner würde am nächsten Tag auf die Laborwerte verzichten müssen. In diesem Moment fand ich das unheimlich witzig und schlief mit einem Hochgefühl auf der Stelle ein.

Kapitel 3

Agnes machte eine Pause und schaute die Psychotherapeutin an. Diese hatte sich zurück gelehnt und die Augen geschlossen. Hielt die Frau ihren Mittagsschlaf?

Agnes hatte keine Ahnung, ob die Gespräche mit der Psychotherapeutin sie weiter bringen würden. Sie hatte immer noch nicht den Mut, sich nochmals in Blumenthal blicken zu lassen. Was sollte sie machen, wenn Koller sie tatsächlich anstellen wollte. Sie fragte sich, warum er sie überhaupt zu diesem Interview eingeladen hatte. Ihr kam der Gedanke, dass er vielleicht nicht gemerkt hatte, wer sie war. Konnte das sein? Eher nicht, nach dem bleibenden Eindruck, den sie vor fünf Jahren als Unterassistentin hinterlassen hatte. Aber sie brauchte eine Stelle.

„Seit einem halben Jahr bin ich schon auf der Stellensuche. Niemand will eine allein erziehende Mutter ohne Berufserfahrung anstellen", sagte sie zu ihrer scheinbar selig schlummernden Psychotherapeutin.

***

Ich nehme mich während meiner Arbeit mit den Patienten so gut es geht zusammen, aber meine Gedanken schweifen immer wieder ab. Ich bekam mit, dass Frau d'Estrées champagnerselig eingeschlafen war, dann verlor ich den Faden. Ich schreckte auf, als sie sagte, sie habe keinerlei Berufserfahrung.

Ich wurde nicht schlau aus ihr. Ich glaubte, ich müsse meine Diagnose der multiplen Persönlichkeitsstörung revidieren. An einer Schizophrenie schien sie auch nicht zu leiden. Vielleicht war sie manisch-depressiv. Aber diese Sorte zog ich sonst eher privat an.

Überrascht, fragte ich sie, ob sie denn überhaupt nicht gearbeitet habe. Nach ihrer Antwort stand meine Diagnose fest: paranoide Persönlichkeitsstörung. Definitiv!

***

Frau S. riss die Augen auf und fragte:

„Haben Sie denn überhaupt nie gearbeitet, seit Sie das Studium abgeschlossen haben?"

„Ich habe gearbeitet. Ich kann es nur nicht nachweisen", sagte Agnes.

Frau S.` Augenbrauen schossen ungläubig in die Höhe.

„Ich habe fast drei Jahre in Haiti gearbeitet", verteidigte sich Agnes.

Sie hasste es, wenn ihre Psychiaterin sie wie eine fantasierende Irre behandelte. Agnes lieferte ihr ein paar Details.

„Meine Tochter Nicole genoss es, von der Kinderfrau auf dem Rücken getragen zu werden. Sie nannte alle weissen Männer Papa. Ich nahm es gemütlich in der Klinik in Haiti, zog Zähne, nähte Macheten Wunden, behandelte Syphilis, impfte Kinder, kastrierte Pferde. Schwester Rosa war der beste Grossmutterersatz für Nicole, wenn sie nicht gerade im Gebärsaal stand. Es hätte von mir aus ewig so weiter gehen können. Dann ging der Mutter Oberin das Geld aus und die Voodoo Zauberer wurden ungeduldig. Jedenfalls mussten wir fliehen."

„Sie mussten vor Voodoo Zauberern fliehen? Ohne Arbeitszeugnis?"

Kein Grund um zynisch zu werden, dachte Agnes. Wenn der Klinikdirektor enthauptet wurde, fragt man nicht nach einem Arbeitszeugnis. Vor allem, wenn der Kopf auch noch vermisst wird. Agnes hatte sich, Nicole und Schwester Rosa mitsamt ihrer Hutschachtel aus Haiti herausschaffen müssen. Aber das war eine andere Geschichte.

Auch wenn Frau S. sie für eine Psychopathin hielt, das nächste Mal würde sie wieder jemand anders als Agnes d'Estrées zu Wort kommen lassen. So fühlte es sich weniger persönlich an. Es wurde Zeit, ihren Bruder Egon einzuführen.

***

Ich bin Egon, meines Zeichens Altsaxophonspieler. Und seit acht Monaten bin ich auch Arzt, weshalb es mich in das Krankenhaus für Gynäkologie und Geburtshilfe in Blumenthal verschlagen hat. Zu meinem Kummer gesellte sich auch noch meine kleine Schwester Agnes dazu. Es wäre entsetzlich, mit ihr zusammen nackte Frauen untersuchen zu müssen. Bis jetzt liess sich das zum Glück vermeiden.

Ich lag auf meinem Bett und schaute meine Hände an. Ich hatte zwei Linke.

Der Tag war eine einzige Katastrophe gewesen. Den ganzen Morgen assistierte ich mit Lindemann und Agnes zusammen Koller beim Operieren. Also, eigentlich operierte Koller, wir anderen standen herum und versuchten, nicht im Weg zu sein. Ich musste in die Knie gehen, um mich Kollers Grösse anzupassen und Agnes ist so klein, dass sie sich fast die Schultern auskugelte. Dass Agnes und ich oft nicht wussten, was wir tun mussten, ist ja eine Sache. Aber auch der Oberarzt Lindemann wirkte planlos. Die ganze Operation war eine kollektive Qual gewesen. Koller schäumte vor Wut und sagte, ich hätte zwei linke Hände.

Es hätte sich weniger demütigend angehört, wenn der Chef gesagt hätte: „Herr d'Estrées, Sie haben zwei linke Hände." Mit sachlicher Kritik kann ich umgehen. Aber obwohl ich gerade neben Koller stand, sagte er zu Agnes: „Ihr Bruder hat zwei linke Hände." So, als wäre ich ein peinlicher Fleck, den Agnes auf einem Sessel hinterlassen hatte.

Bei genauer Betrachtung habe ich wohlgeformte, sensible Künstlerhände mit schlanken Fingern. Ich kann sehr schön Saxophon spielen. Jeden Mittwochabend übe ich mit meiner Jazzband. Sogar jetzt, wo ich in diesem Kaff gelandet bin, nehme ich die mehrstündige Fahrt auf mich, um meine Band in Zürich zu treffen. Donnerstags schlurfe ich dann jeweils hohlwangig, unrasiert und ungekämmt durch die Gänge.

Beim Saxophonspielen denke ich an Frauen. Ich denke die meiste Zeit an Frauen. Ich habe Hände, um den Körper einer Frau zu streicheln und um lange, duftende Frauenhaare durch meine Finger fliessen zu lassen.

Es war Donnerstagabend. Ich lag hundemüde auf meinem Bett im Personalzimmer. Meine

Fantasien gingen immer weiter, mein Atem wurde schneller, mein Körper bewegte sich rhythmisch.

Später, unter der Dusche, beschloss ich, doch an das kommende Personalfest zu gehen. Agnes wollte auch hin. Wenn sie nicht gerade Liebeskummer hat, ist es lustig mit ihr. Einmal hatte sie sich auf einen verheirateten Professor eingelassen und sich die Augen ausgeheult, als er sich davonschlich. Seit einiger Zeit schleppte sie mich in Freizeitkurse, damit ich unter die Leute kam. Die Kurse glichen sich aufs Haar. Sie waren voll mit Typen wie mir, die eine Frau suchten. Letztes Wochenende musste ich den ganzen Vormittag einen Kerl mit einem haarigen Rücken massieren. Ich weiss nicht mal, was für ein Kurs es war, Tao-Yoga oder Shiatsu. Am Nachmittag schnappte ich mir eine Frau als Partnerin. Am Schluss sehnte ich mir den Typen vom Vormittag wieder herbei. Die Thusnelda wünschte keine Rückenmassage, jedenfalls nicht von mir, bekam einen Wadenkrampf und nörgelte nervtötend. Die Kursleiterin nahm mich zur Seite und erklärte mir die Technik noch einmal. Die Frau flüchtete in den entferntesten Winkel des Saales und ich erhielt eine Massage vom Kerl mit den Haaren am Rücken.

Vielleicht würde ich doch nicht an das Personalfest gehen.

***

Ich hatte mich fast schon daran gewöhnt, wie Agnes ihre äussere Erscheinung anpasste, wenn sie eine andere Person erzählen liess. Trotzdem war es gruselig, wie sie sich von Egon mit der jungenhaften

Stimme in den behäbigen Chefarzt Koller verwandelte. Immerhin fragte sie mich, ob es in Ordnung wäre, dass sie jetzt als Koller weiter erzählen würde.

„Nur zu, Herr Koller!“, sagte ich fasziniert.

***

Aus gutem Grund verabscheue ich fröhliche Menschenversammlungen.

Als ich eintraf, war das Personalfest schon voll im Gang. Brunner, mein Kollege von der inneren Medizin, offensichtlich leicht angesäuselt, packte mich am Arm und brachte sein Gesicht ganz nahe an mein Ohr, als hätte er etwas Vertrauliches mitzuteilen.

„Was ist lächerlicher? Ein Mann ohne Socken in den Schuhen oder ein Mann mit Socken im Bett?“, sagte er und blies mir seine Alkoholfahne ins Gesicht. Ich starrte ihn verdutzt an.

„Die Frage ist nicht zu beantworten“, belehrte er mich und zog weiter. Ich fände nichts dabei, mit Socken an den Füssen zu schlafen. Dann sah ich Dobrowsky. Seine behaarten Füsse steckten nackt in seinen Schuhen. Irritiert wandte ich mich ab. Den nächsten sinnfreien Satz des Tages trompetete die neue Praktikantin heraus, die sich mit meinen beiden Assistenzärzten, dem Langen und dem Gipsbein unterhielt:

„Ich finde Männer mit Glatze erotischer.“ Ich wollte gar nicht wissen, wen sie meinte.

Um nicht sinnlos herumstehen zu müssen nahm ich mir ein Glas und füllte es mit Bier vom Fass. Das lauwarme Getränk schäumte und lief über meine

Hand. Ich schwitzte vor Unbehagen. Alle waren hergekommen, um zu tanzen, essen, saufen, scherzen, flirten. Kurz, um sich zu amüsieren. Ich war hergekommen, weil ich musste. Das gehörte zu meinen Pflichten als Chefarzt. Auch würde ich eine Rede halten müssen.

Ich bin weder lustig, noch einfallsreich. Meine Reden sind flau. Ich bekomme Lampenfieber und stottere, wenn ich vor Publikum stehe. Das sind eigentlich eine Menge Probleme. Einmal nur, vor Jahren, war mir an einem Weihnachtsfest eine witzige Rede gelungen. Ich war damals gerade zum Oberarzt befördert worden. Die heisseste Frau der Klinik begehrte mich. Ich war bis über beide Ohren in Marion verliebt. In dieser Stimmung war ich sogar bereit gewesen, mich wieder mit Dobrowsky zu vertragen. Es hatte ja auch Zeiten gegeben, da waren wir Freunde gewesen.

Jetzt war ich älter und selbstsicherer. Aber in Gegenwart dieses barfüssigen Aufschneiders, der sogar seine Glatze als Erotiksymbol zur Schau trug, fühlte ich mich irgendwie nicht wie ein Chef.

Ich schöpfte mir Kartoffel- und Bohnensalat vom Buffet. In der Mitte des Tellers machte ich Platz für Wurst- und Käsescheiben und füllte die Lücken mit Reissalat. Dann pappte ich ein Spiegelei mit Speck drauf. Dobrowsky tauchte plötzlich hinter mir auf. Er setzte ein Stück Camembert auf den Turm in meinem Teller, ging einen Schritt zurück und sagte:

„Käse schliesst den Magen!"

Wie ich diese Sprüche hasste! Ich nahm verärgert einen grossen Schluck von meinem Bier und verschluckte mich daran. Dobrowsky sprang erschrocken einen Schritt zurück, während ich versuchte, nicht zu ersticken.

„Nicht so hastig, Koller. Du hörst dich an wie eine Katze, die kotzt."

Ich liess den Teller und das Bier auf den nächsten Tisch knallen und entfernte mich hustend.

„Wenn du so weiter machst, muss ich mich bald um den Rest deiner Patientinnen auch noch kümmern", rief er mir nach.

***

„Wie alt Frau S. wohl sein mag?", fragte sich Agnes. Sie schätzte sie auf Ende dreissig, aber vielleicht sah sie auch mit ihrem verkniffenen Mund älter aus als sie war. Heute hatte sie die Psychiaterin gefragt, warum sie sich Frau S. nannte. Diese hatte gelacht und plötzlich um Jahre jünger gewirkt. Frau S. sei eine Anspielung auf das Es bei Freud, hatte sie erklärt. Eigentlich würde sie seit dem Studium niemand mehr so nennen.

Agnes wurde nicht schlau aus ihr. Eigentlich mochte sie sie inzwischen ganz gern. Es tat gut, mit einer neutralen Person über die Zeit vor fünf Jahren zu sprechen. Obwohl sie manchmal ein derart finsteres Gesicht machte, dass Agnes es fast mit der Angst zu tun bekam. Sie fragte sich, ob die Psychiaterin sie verhaften liesse, wenn sie die ganze Geschichte erfuhr. Aber Agnes war überzeugt, dass sie ihr sowieso kein Wort glaubte.

***

Frau Meiers Plan zu schnellem Geld zu kommen, war einfach.

„Ich habe ein Talent für Zahlen und Sie ein fotografisches Gedächtnis", stellte sie klar.

Bisher hatte mir dieses Talent lediglich eingebracht, dass ich mich leider immer noch an jedes winzige optische Detail des Sexes mit Gerald erinnern konnte. Frau Meier wischte meinen Einwand beiseite.

„Das liegt daran, dass Sie sich bisher nur auf dieses Thema konzentriert haben. Die Energie folgt der Aufmerksamkeit. Das ist ein Gesetz der Quantenmechanik", erklärte sie mir bescheiden. Wenn ich den Satz nicht kurz zuvor auf dem heutigen Kalenderblatt gelesen hätte, wäre ich beeindruckter gewesen.

„Ich weiss, dass Sie wie ein Teufel rechnen können und ich jedes Schamhaar Geralds visualisieren kann. Aber wie lässt sich damit Geld verdienen", fragte ich.

„Black Jack!", rief Frau Meier.

„Soll heissen?"

„Ich werde Sie im Kartenzählen trainieren, dann gehen wir ins Kasino."

Ich lachte und hatte das Gespräch schon wieder vergessen, als ich zehn Minuten später Agnes gegenüber sass.

„Habe ich Ihnen schon von Schwester Rosa erzählt?", fragte mich Agnes.

Ich massierte meine Augenbrauen und bat sie zu erzählen.

***

Ich bin die letzte Ordensschwester in diesem Krankenhaus. Seit zwanzig Jahren führe ich als

Hebamme die Gebärabteilung. Früher hatten wir so viele Geburten, dass ich Tag und Nacht durcharbeitete. Die Säuglinge legten wir oft zu zweit in ein Bettchen, so viele Geburten hatten wir. Die Zeiten sind vorbei. Jetzt nehme ich wie eine nette Oma mein Strickzeug zur Arbeit mit, um mir die Zeit zu vertreiben. So sind wenigstens meine Hände beschäftigt, sonst fange ich an, herum zu zappeln.

Neulich tuschelte ein werdendes Elternpaar bei der Gebärsaalbesichtigung, sie würden doch lieber in eine Privatklinik gehen, wo die Hebammen nicht wie vertrocknete Springteufel aussehen. Ich tat, als hätte ich diese Grobheit nicht gehört. Ich bin nicht vertrocknet. Obwohl, saftig bin ich nie gewesen. Nur trocken. Vielleicht war auch die gnadenlose Sonne Südrhodesiens schuld daran. Ich war schon mit siebzehn Jahren dürr, als ich im Missionskrankenhaus im Matabeleland Babys abnabelte, oder nach der Begegnung mit einem Flusskrokodil den Unterschenkel von Vater Franz amputieren half. Wir mussten damals auf dem Weg zur Mission durch einen Sumpf ziehen. Ich trug das Amputationsbesteck auf dem Kopf, das Wasser reichte mir bis zum Kinn. Als wir in der Mission ankamen, hatten wir nicht mal Zeit, die Blutegel zu entfernen. Ich hüpfte auch schon damals herum, wenn ich aufgeregt war. Den meisten Leuten reiche ich nur gerade bis zur Schulter, deshalb hüpfe ich vermutlich.

Vorgestern hatte ich ein Treffen mit der Mutter Oberin. Sie sucht eine erfahrene Hebamme für ein neues Missionskrankenhaus in Haiti. Ich lachte und sagte, ich wäre zu alt dafür. Sie nickte nur. Sie erinnerte mich sanft an unsere gemeinsame Zeit im

Matabeleland. Natürlich könnte sie mich einfach versetzen. Sie müsste mich dafür nicht einmal fragen.

Vater Franz wurde nach seiner Amputation aufgefordert in die Heimat zurückzureisen. Er war ein netter Mensch gewesen, in jeder Hinsicht grosszügig, auch in der Auslegung der Ordensregeln. Vater Franz hatte mit einer einheimischen Frau eine ganze Kinderschar gezeugt. Er war sogar schon Grossvater. Was sollte er zurück in Europa? Mutter Oberin, die damals noch Schwester Ursula hiess und mit ihren knapp zwanzig Jahren schon meine Vorgesetzte war, löste sein Dilemma auf pragmatische Art. Sie meldete der zuständigen Behörde, Vater Franz sei von uns gegangen und stellte einen Todesschein aus. Vater Franz lebte danach bis ans Ende seine Tage im Dorf bei seiner Familie.

Sein Nachfolger war ein selbstsüchtiger, korrupter alter Mann, der die Einheimischen für wilde Tiere hielt. Inzwischen war der zweite Weltkrieg ausgebrochen. Der Nachschub der Medikamente wurde knapp. Statt die Tabletten an Patienten abzugeben hortete sie der Priester für sich. Er verkaufte den Stammeshäuptlingen Aspirin als Malariamittel. Ich tauschte die Tabletten heimlich wieder zurück.

Eines Tages wurde ich zu einer schwierigen Geburt ins benachbarte Dorf gerufen. Als ich nach einigen Tagen zurückkam, war der Priester an Malaria gestorben. Das hatte ich nicht gewollt, aber es war nicht zu ändern. Reuevoll gestand ich Schwester Ursula was ich getan hatte. Sie fand, eigentlich sei das Ganze ihre Schuld. Wenn sie nicht mit dem Todesschein von Vater Franz gemogelt hätte, wäre uns vielleicht ein anderer, netterer Mensch als Nachfolger zugeteilt worden. Diesen schrecklichen Priester hatte sie als ihre persönliche Strafe betrachtet. Jetzt, wo er durch meine Schuld umgekommen war, brauchten wir beide eine Busse. Schwester Ursula dachte sich für uns einige besonders widrige Aufgaben aus. Zusammen verbrachten wir eine lange Zeit im tiefsten Afrika. Es waren meine schönsten Jahre.

Mutter Oberin kennt mich also schon lange und wartet geduldig darauf, dass ich sie auf den Knien bitte, nach Haiti versetzt zu werden. Seit diesem Gespräch träume ich wieder von tropischen Nächten mit sonderbaren Tierlauten, von Regenfällen, die Strassen in roten Schlamm verwandeln, von Operationen im Licht der Öllampen.

Kapitel 4

Trübselig stellte Agnes die Kaffeetasse weg. Sie sass am Schreibtisch im Gästezimmer von Egon und Elfie und versuchte eine Bewerbung zu schreiben. Nicole hatte es sich auf ihrem Schoss gemütlich gemacht und malte mit ihren Buntstiften Kopffüssler.

„Es ist wie ein Déjà-vu, oder wie die Katze, die sich in den Schwanz beisst, oder ein Kreis, der sich schliesst“, erklärte sie Elfie.

Elfie nickte verständnisvoll. Agnes war noch nicht zufrieden.

„Oder eine Endlosschleife, ein Albtraum, in dem man rennt und rennt und wieder am gleichen Ort ankommt.“

Elfie gähnte.

„Ich glaube nicht, dass jemand solche Albträume hat, das klingt eher nach einem alten Horrorstreifen“, sagte sie. „Aber ich weiss, was du meinst“, fügte sie schnell hinzu, bevor Agnes weitere Beispiele anfügen konnte.

Agnes wusste, dass Elfie wusste, was sie meinte. Sie dachten beide an den Tag vor drei Jahren, als die Postkarte von Haiti eingetroffen war. Agnes hatte damals gerade ihr Studium abgeschlossen. Sie sass am gleichen Schreibtisch wie heute mit Nicole auf ihrem Schoss. Nicole plapperte vergnügt ihre ersten Silben, während Agnes überlegte, ob es eine bessere Umschreibung für „allein erziehend und noch keine Berufserfahrung“ für ihre Situation gab. Die Kleine patschte mit ihren

Händchen auf den Tisch und hinterliess schmierige Flecken auf dem leeren Papier.

Die Zimmertüre flog auf und Elfie stürmte herein. Schnell brachte Agnes die halbvolle Kaffeetasse in Sicherheit. Elfie wedelte mit einer Postkarte vor ihrem Gesicht herum. Die Postkarte zeigte hässliche Häuser an einem Strand in unrealistischen, verblassten Farben. Vermutlich hatte sie schon ein paar Jahre am Verkaufsstand eines Ladens in der dritten Welt an der prallen Sonne verbracht, bevor sie gekauft wurde. Agnes drehte sie um und entzifferte nach einiger Mühe den Absender. Sie kam von Schwester Rosa, die in einem Missionskrankenhaus in Haiti arbeitete. Überschwänglich beschrieb sie ihre Arbeit. Schwester Rosas Begeisterung war so gross wie Agnes` Frustration über die erfolglose Stellensuche.

Elfie rannte mit Nicole auf den Schultern im Zimmer herum und wieherte. Das Kleinkind zog sie an den Haaren. Sie kreischten beide vor Vergnügen, Elfie vermutlich auch vor Schmerzen. Agnes` Augen füllten sich mit Tränen. Ihr Bruder und ihre Schwägerin hatten sie in ihrer kleinen Wohnung aufgenommen. Sie wusste, dass sie sie und ihre Tochter liebten. Aber es war eng. Das Gästezimmer, das sie mit Nicole bewohnte, war vermutlich als Kinderzimmer geplant gewesen und nicht als Unterschlupf für die gestrandete Verwandtschaft.

Agnes suchte die Telefonnummer der Organisation heraus, für die Schwester Rosa arbeitete. Ohne lange zu überlegen rief sie an. Sie erzählte, dass sie Ärztin sei und eine Stelle suchte. Schon am gleichen Tag durfte Agnes bei der Mutter Oberin vorsprechen.

Zu Agnes` Überraschung befand sich ihr Büro nicht an einem idyllischen Ort in einem alten Kloster, sondern mitten in der Stadt, an einer stark befahrenen Strasse. Es war ein winziger, fensterloser Raum in einem Hochhaus, eingequetscht zwischen Anwaltskanzleien und Treuhandbüros. Agnes wusste nicht, was sie erwartet hatte. Die Mutter Oberin war etwa gleich alt wie Schwester Rosa, aber gross und trug ganz normale Strassenkleider. Also, normal, im Sinne von im Stil von Queen Elisabeth II. Sie begrüsste Agnes enthusiastisch. Als sie erfuhr, dass Agnes ein Baby hatte, zögerte sie nur kurz. Innerhalb der Mission sei es absolut ungefährlich, erklärte sie dann. Agnes könnte wetten, dass sie für ihre Lügen noch heute Ave Marias betete. Sie bekam die Stelle, die seit einem Jahr nach der Flucht des letzten Arztes vakant war.

Fast drei Jahre später, nach der überstürzten Abreise aus Haiti, klingelte Agnes wieder an Egons und Elfies Türe. Elfie schrie, als sie die Türe aufmachte und fiel ihr um den Hals. Sie standen da wie drei struppige Hunde, die um Einlass baten. Schwester Rosa war einem Herzinfarkt nahe und brach erschöpft vor der Haustüre zusammen. Egon trug sie hinein. Aus seinem Ärztekoffer holte er ein Nitropflaster, klebte es ihr auf die Brust und erklärte, sie werde schon wieder. Elfie nahm Agnes die schlafende Nicole ab und trug sie hinein. Agnes griff nach dem unförmigen Koffer. Mit der anderen Hand hob sie die Hutschachtel, die Schwester Rosa seit der Flucht von der Insel nicht aus den Augen gelassen hatte, vom Boden auf. Sie schleppte beides in die Wohnung. Elfie improvisierte ein Matratzenlager.

Agnes schlief ein, noch bevor ihr Kopf das Kissen berührte.

Am nächsten Morgen verwöhnte Elfie sie mit einer Tasse duftendem, frischem Kaffee in ihrer kleinen Küche. Agnes fasste für sie das Wichtigste zusammen. Elfie streichelte ihr immer wieder den Rücken oder legte beschützend den Arm um ihre Schulter, während Agnes von der Flucht über die grüne Grenze nach Santo Domingo erzählte.

„Ich habe in diese Hutschachtel hinein geschaut, als ihr geschlafen habt“, gestand Elfie nach einer Weile. Agnes zuckte die Achseln. Sie wusste auch was drin war.

Sobald Schwester Rosa wach wurde, wollte sie zu ihrer Mutter Oberin aufbrechen. Stattdessen brach sie erneut zusammen. Sie beruhigte sich erst, als Elfie und Agnes ihr versprachen, selbst hin zu fahren und ihr die Schachtel auszuhändigen. Einen Monat später nahm Schwester Rosa ihre Arbeit als Hebamme in Blumenthal wieder auf.

Inzwischen war ein halbes Jahr vergangen. Agnes sass immer noch mit Nicole im zukünftigen Kinderzimmer in Elfies und Egons winziger Wohnung. Die Mutter Oberin hatte sich in ein Kloster zurückgezogen, ein Schweigegelübde abgelegt und empfing niemanden mehr. Die Hutschachtel samt Inhalt verstaubte unter Agnes` Bett. Vielleicht war es gar nicht so schlimm, nach Blumenthal zurückzukehren, dachte sie.

***

Die Sprechstundenhilfe Frau Meier begrüsste Agnes fröhlich und bot ihr einen Kaffee an, während sie wartete. Frau S. führe eine wichtiges Telefongespräch, sei aber jeden Moment fertig, sagte Frau Meier.

„Mit ihrem Anwalt?“, fragte Agnes ohne zu überlegen.

Frau Meiers rosige Wangen wurden feuerrot. Sie schien Agnes auf einmal nicht mehr zu mögen. Agnes murmelte eine Entschuldigung und vergrub ihr Gesicht in einer zerfledderten Modezeitschrift. Zum Glück beendete Frau S. ihr Telefonat bald und erlöste Agnes von den feuerspeienden Blicken Frau Meiers.

Frau S. sah aus, als könnte sie ein wenig Aufmunterung vertragen. Agnes war aufgefallen, dass die Psychiaterin sie jedes Mal fasziniert anstarrte, wenn sie in der Rolle des jeweiligen Erzählers aufging. Agnes machte sich einen Spass daraus, sich von der kleinen, alten Nonne mit dem leisen Stimmchen in den grossspurigen Dobrowsky zu verwandeln. Um sicher zu gehen, dass Frau S. ihr noch folgen konnte, erklärte sie, welche Person gerade dran war.

„Jetzt kommt Dobrowsky“, sagte sie. „Erinnern Sie sich? Er hatte gerade erzählt, dass Koller und die Assistenzärztin Marion ein Liebespaar wurden.“

Frau S. nickte lahm.

***

Ich machte auch weiterhin meine Sprüche. Aber es war irgendwie nicht mehr lustig. Nichts wischte das selbstgefällige Grinsen aus Kollers Gesicht. Die zwei fingen an zu knutschen, sobald sie sich unbeobachtet glaubten. Mit der Zeit wurde ihnen auch das egal.

Vor allen Augen steckte Koller seine Zunge in Marions Rachen und schlabberte wie ein Bernhardiner.

Bei einem Mittagessen mit Koller und Marion assen wir Spagetti. Koller hatte nie gelernt, anständig zu essen. Als wir noch in der Grundschule waren, heftete ich mich zur Mittagszeit an Kollers Fersen, wenn meine Mutter vergass zu kochen. Das geschah ziemlich oft, nachdem mein Vater verschwunden war. Sie nahm Tabletten und spülte sie gerne mit Schnaps runter. Ich fiel Kollers übermüdeter Mutter am Esstisch wahrscheinlich gar nicht auf. Sie hatte sieben Söhne. Wir assen damals alle wie Ferkel. Auch jetzt schmatzte und spritzte Koller mit der Tomatensauce herum.

„Du siehst aus wie ein Schwein, Koller. Und bekleckert hast du dich auch noch", sagte ich.

„Dobrowsky, werde mal erwachsen", sagte Marion betont träge. Ihre Zunge fuhr langsam über ihre rotbemalten Lippen. Sie näherte ihren Mund Kollers Gesicht. Zwischen ihren weissen Zähnen schaute ihre Zungenspitze heraus. Die ganze Zeit schaute sie nur Koller an. Sie begann ihm die Tomatensauce von den Lippen zu lecken.

Angeekelt verliess ich den Tisch. Marion zwinkerte mir zu, als ich ging. In dieser Nacht stellte ich mir vor, wie mir die kleine Blondine mit ihrer rosaroten Zunge Tomatensauce vom Körper leckte. Ich lag schon im Bett, als es an der Türe des Dienstzimmers klopfte. Etwas gereizt rief ich:

„Herein!"

An der Türe stand Marion. In ihrer Hand hielt sie einen Eisbecher mit einem Berg aus Schlagsahne. Sie versetzte der Türe einen kleinen Fusstritt, schloss sie dann mit dem Schlüssel ab. Sie kickte ihre Schuhe von den Füssen.

„Eis mit Sahne?“, fragte sie heiser.

Marion blieb die ganze Nacht. Sahne war eindeutig besser als Tomatensauce. Viel besser.

***

Agnes schwieg verlegen. Sie fragte sich, was in sie gefahren war, dass sie so genüsslich von Dobrowskys Sexleben erzählt hatte. Es könnten die Haschischkekse gewesen sein. Gestern war wieder eine Lieferung von Egons langjährigem Kumpel eingetroffen. Elfie hatte sich zurückgehalten, weil sie nicht wusste, ob sie schwanger war. Agnes hatte sich auf die Haschischkekse gestürzt, bevor Egon sie in die Finger kriegte.

Die Wirkung der Kekse liess langsam nach. Agnes hatte keine Lust mehr, an das Sexleben anderer zu denken. Es machte sie melancholisch. Kleinlaut fragte sie Frau S., ob sie jetzt Egon erzählen lassen dürfte. Frau S. bejahte. Agnes verzichtete dieses Mal auf die übliche Show. Das schien Frau S. erst recht aus dem Konzept zu bringen.

Aber sobald sie angefangen hatte zu erzählen, änderte sich ihre Stimme und Körperhaltung unwillkürlich.

Frau S. blinzelte verwirrt.

***

Ich langweilte mich am Personalfest. Ich hatte mich Agnes anschliessen wollen, aber sie schien vollkommen fasziniert zu sein von diesem Neandertaler. Ihr peinliches Geschwätz über erotische Glatzen deprimierte mich und ich machte mir Sorgen um sie. Sie hatte ein Talent, sich in Blödmänner zu verlieben. Vom Letzten hatte sie sich immer noch nicht erholt. Hilflos schaute ich zu, wie sie sich von Dobrowsky zum nächsten Tisch führen liess.

Ich wandte mich an Alfred, meinen älteren Mitarbeiter. Das rechte Bein Alfreds steckte im Gips. Wenn er eine Frau aufreissen wollte, erzählte er, er sei beim Schmetterlinge fangen verunfallt. Frauen schienen gebrochene Beine und Schmetterlinge zu lieben. In Wirklichkeit war er im Suff eine Treppe runtergefallen.

Alfred hatte blutunterlaufene Augen, keinen Hals, dafür zwei Kinne und einen angedeuteten Bauch. Um das zweite Kinn trug er eine Goldkette. Seine permanent schlechte Laune hatte verschiedene Gründe. Er war geschieden, seine Exfrau wohnte mit ihren Kindern und dem neuen Mann in Alfreds Haus. Alfred war eigentlich zu alt, um als Assistenzarzt zu arbeiten. Gerade als er in Blumenthal Oberarzt werden sollte, war er bei einem Kongress die Treppe runtergestürzt. Seit einem halben Jahr lief er in verschieden grossen Gipsverbänden herum. Seine Oberarztstelle hatte Alois Lindemann bekommen.

Alfred wischte einen Ketchup Fleck von seiner zerbeulten Manchesterhose.

„Wir sind solche Arschlöcher, wir sind solche Arschlöcher …“, sagte er zum wiederholten Mal an diesem Tag. Alfred hatte den Hang zum Übertreiben. Ich fand, es würde genügen, wenn er sagte: „Ich bin so ein Arschloch.“

„Warum stehen wir hier herum? Wir könnten nach Afrika auswandern, wo Medizin noch einen Sinn hat. Warum sitzen wir nur in diesem Nest fest?“, fragte er mich.

Ich hatte Lust, nach Afrika auszuwandern, nur um mich vom Alfreds Arschlochsein distanzieren zu können. Ich sagte: „Weiss nicht“ und biss in einen knackigen grünen Apfel.

Da entdeckte ich Elfie. Das heisst, das feenhafte Wesen, das sich mir später als Elfie vorstellte. Ich legte meinen Apfel weg, holte mir ein Glas Weisswein, schüttete die Hälfte über Schwester Rosa, stand auf ihre Füsse und pflanzte mich dann vor Elfie.

„Hallo, ich heisse Egon“, sagte ich.

„Und ich Alfred!“

Ich fasste es nicht! Der Typ war hinter mir her gehumpelt. Sofort begannen die zwei ein Gespräch über gebrochene Beine. Ich machte ein paar interessierte Geräusche dazu und als sie mich nicht beachteten, sagte ich: „Alfred hat zwei niedliche Kinder.“

Damit war Alfred auf dem Flirtmarkt gestorben. In der Gedenkpause, die entstand, bugsierte ich Elfie zum Getränkeausschank. Ich war zum Äussersten entschlossen. Ich schenkte ihr und mir ein Glas Weisswein ein.

Elfie hatte Haare wie schwarze Seide und dunkle, schokoladenbraune Augen. Als sie sich gegen die Sonne drehte, sah ich ganz feine Härchen an ihren Ohren. Ein Frontzahn stand etwas weiter vor, und wenn sie trank, stiess sie immer wieder mit dem Glas dagegen. Wenn sie sprach, huschte ein kaum merkliches, verlegenes Lächeln über ihr Gesicht.

„Hast du das gern?" Ich zeigte mit meiner Nase auf das Weinglas.

„Nein". Sie nahm schnell einen Schluck. Das Glas stiess mit einem „Bing" gegen ihren Zahn. Wieder das verlegene Lächeln. Ich war ermutigt. Sie schien mich zu mögen.

„Wollen wir uns setzen?", fragte ich. Sie nickte und ging zum nächsten Tisch, wo Agnes neben Dobrowsky sass. Die Leute drängten sich dort schon ziemlich dicht auf zwei Bänken.

„Ich hole einen Stuhl", sagte ich und rannte davon. Als ich kurz darauf mit dem Stuhl zurückkam, sah ich gerade noch, wie Dobrowsky mit einem „Komm, Mädchen!" Elfie an der Taille packte und schwungvoll neben sich setzte.

Ich starrte auf den Stuhl, den ich wie ein Rammbock in den Händen hielt. Elfie war weg.

***

„Sagten Sie nicht ihre Schwägerin heisst Elfie?", fragte Frau S.

Agnes bejahte geduldig. Sie hatte keine Lust, mit Frau S. über Elfie zu sprechen. Elfie heulte sich seit Tagen die Augen aus, da sie gemerkt hatte, dass sie nun doch schwanger war. Die Schwangerschaft selbst war kein Problem, die beiden wünschten sich schon lange ein Kind, aber der Absturz mit Daiquiri von neulich machte ihr zu schaffen. Sie fragte Agnes alle paar Minuten, ob es denn wirklich nicht schlimm sei. Agnes versuchte Elfie zu beruhigen, so früh in der Schwangerschaft sei das kein Problem.

„Woher weisst du das?", fragte Elfie immer wieder.

„Elfie, ich habe alles darüber gelesen damals, vor fünf Jahren. Und schau Nicole an, sieht sie etwa behindert aus?“

Elfie schniefte und beruhigte sich für einige Minuten.

Agnes erklärte Frau S., dass ihr Bruder Egon und Elfie schon seit fünf Jahren zusammen waren. Kurz nach diesem Sommer in Blumenthal hatten die beiden geheiratet. Sie waren das glücklichste Paar, das Agnes je gesehen hatte. Agnes mochte nicht über glückliche Paare und Schwangerschaften reden.

„Also, ab jetzt erzählt Erwin Koller weiter“, sagte sie energisch. „Er steht immer noch am Personalfest herum“. Agnes stimmte sich auf den Chefarzt ein.

***

Ich wurde noch immer von einem krampfhaften Schluckauf geschüttelt. Die Rede, die ich vor all den Leuten halten sollte, lag mir wie ein Stein im Magen. Die Erinnerung an Marion und die Wut auf Dobrowsky hüpften gegen mein Zwerchfell. Ich ging zum nächsten Telefon.

„Koller“, sagte ich. „Fräulein Sarah, rufen Sie mich in zehn Minuten an. Ich sage dann, Sie hätten mich zu einem Notfall gerufen und ich setze mich hier ab. Danke.“

Fräulein Sarah brauchte keine weitere Erklärung. Sie rettete mich immer wieder mit solchen Anrufen aus irgendwelchen langweiligen Sitzungen. Nach Fräulein Sarahs Anruf flüchtete ich mich mit meinem Schluckauf in mein Büro. Kaum hatte ich die Türe hinter mir zugemacht, fühlte ich mich wohler. Ich sass an meinem Tisch, hörte leise Musik und genoss die Sicht aus dem Fenster.

Ich läutete nach Fräulein Sarah. Ich hatte Lust auf einen guten cremigen Kaffee, wie sie ihn machte. Sie schaffte es sogar ein Muster in den Schaum zu zeichnen. Ich räkelte mich in meinem Sessel. Chefsessel. Ich hasste diese Veranstaltungen. Ich läutete nochmals. Ich war immer noch der Chef. Dieser Dobrowsky war ein Garnichts. Ein schwanzwedelnder Dobermann.

Wo blieb bloss Fräulein Sarah? Samstags war sie sonst im Büro. Hatte immer etwas zu erledigen. Ich beschloss, den Kaffee selbst zu machen. Ich könnte Fräulein Sarah auch eine Tasse bringen, dachte ich. Ich trat in das angrenzende Büro meiner Sekretärin. Mit der Kaffeemaschine kannte ich mich nicht aus. Mit ungeübten Händen bereitete ich zwei Tassen zu. Der Kaffee wurde dünn und lauwarm. Wo sie Milch und Zucker aufbewahrte, wusste ich auch nicht. Ich trank ihn schwarz. Sofort verwandelte er sich in Magensäure. Die zweite Tasse schüttete ich aus.

Wie es wohl Marion ging? Nach unserem Streit hatte ich nie mehr etwas von ihr gehört. Sie hatte gekündigt und war für immer aus meinem Leben verschwunden. Meine Briefe kamen ungeöffnet zurück. Ich habe mich oft gefragt, ob sie sich danach noch mit Dobrowsky traf. Marion blieb unerreichbar und Dobrowsky konnte ich nicht nach ihr fragen. Zum Teufel mit beiden.

Fräulein Sarah tapste herein. Sie roch nach Alkohol.

„Ach, Herr Koller, Sie haben mich doch nicht gesucht?“, trillerte sie. „Ich war auf ein Minütchen am Fest.“ Ich blickte sie säuerlich an.

„Doktor Dobrowsky tut sich gut als Ihr Vertreter. Er ist für Sie eingesprungen und hat eine schöne Rede gehalten.“, sagte sie schmunzelnd.

„So?“

Fräulein Sarah summte unmelodisch, während sie die Tassen spülte. Ich hatte mal gelesen, dass entweder harmoniebedürftige oder sexuell befriedigte Frauen beim Abwaschen sangen. Keine Ahnung, warum ich jetzt daran dachte.

„Er erzählte, Ihnen gefielen dicke Männer mit Glatze.“ Fräulein Sarah unterdrückte ein Kichern. „Also nicht, dass Sie jetzt etwas anderes denken. Also, niemand denkt, dass Sie ... Meine Güte, denken Sie jetzt, er meinte ...“ Mit fahrigen Händen spülte sie die zwei Kaffeetassen nochmals. Dazu summte sie wieder.

Harmoniebedürftig, nahm ich an.

Kapitel 5

Frau S. machte sich unablässig Notizen, während Agnes erzählte. Agnes hätte gerne gewusst, ob es sich um die Differentialdiagnose ihrer medizinischen Überlegungen handelte, oder ob sie die Geschichte mitschrieb, um einen Bestseller daraus zu machen. Vielleicht schrieb sie auch bloss ihre Einkaufsliste. Ihre Miene war heute wieder undurchschaubar wie bei einer Pokerspielerin. Es würde Agnes nicht wundern, wenn das ihr heimliches Laster wäre.

Diese verdammten Haschischkekse, dachte sie. Egon hatte das Gefühl, als angehender Vater müsse er Verantwortung zeigen. Somit war Agnes allein zuständig für die Vernichtung der Kekse. Sie war in den letzten Tagen fast dauernd high. Nicht derart, dass sie etwas Dummes anstellen würde, aber sie kicherte ziemlich oft und grundlos.

„Ich erzähle jetzt als Dobrowsky weiter. Erinnern Sie sich, er hatte eine heisse Nacht mit Marion verbracht.“ Agnes kicherte.

Frau S. machte eine auffordernde Handbewegung. Sie sah aus wie ein übermüdeter Verkehrspolizist. Agnes kicherte wieder, räusperte sich und begann Dobrowskys Geschichte zu erzählen.

***

Es blieb nicht bei dieser einen Nacht. Marion war unglaublich. Eine Zeit lang verlor ich sogar das Interesse daran, Koller zu schikanieren. Das hier war viel besser. Wenn ich beim Nachtdienst auf mein Zimmer ging, lag sie schon nackt im Bett. Beim Operieren rieb sie ihr Bein an meins. Einmal stürmte sie ins Untersuchungszimmer. Ich war mitten in der Besprechung mit einer Patientin. Marion rief ganz aufgeregt, es gäbe einen Notfall und warf die verdutzte Frau kurzerhand hinaus. Ich sprang auf um mich um den Notfall zu kümmern. Marion packte mich an meiner Gürtelschnalle und drückte mich wieder auf den Bürostuhl.

„Ich bin der Notfall", sagte sie und setzte sich mir auf den Schoss. Unterwäsche trug sie nicht. Angespannt lauschte ich auf die Geräusche von draussen. Ich liess den Blick von der Türe des Behandlungszimmers zum dunkelblonden Dreieck auf meinem Schoss wandern. Auf einmal klopfte es energisch an der Türe. Wir erstarrten. Wenn jetzt jemand herein kommen würde, wäre mir absolut nichts eingefallen, um die Situation zu verharmlosen. Die Türklinke bewegte sich nach unten. Wir hörten, wie die Patientin von vorhin jemandem erklärte, die Ärzte wären bei einem Notfall. Die Türe blieb zu und die Schritte entfernten sich wieder. Marion lachte heiser und fuhr fort, ihre Hüften zu wiegen.

Ein paar Tage später sah ich, wie Marion mit zerzausten Haaren und geröteten Wangen Kollers Untersuchungszimmer verliess. Ich rief ihr nach. Sie drehte sich nicht um, lachte nur wieder ihr heiseres Lachen.

Kurz darauf brachte Koller zum Abendrapport einen Kuchen mit. Er nahm Marions Hand, um uns den dicken Klunker an ihrem Finger zu zeigen. Sie hatten sich verlobt. Die Leute klatschten und gratulierten. Ich schaute zu, wie Koller den Kuchen anschnitt und Marion ein Stück in den Mund schob. Ihre Lippen berührten seine Finger. Marion schaute mich für einen winzigen Moment an und zwinkerte mir zu.

Ich verstand die Welt nicht mehr. Marion war nicht einmal wirklich schön. Und ausser aufreizend mit den Hüften wackeln und heiser gurren konnte sie auch nicht viel. Und Koller... Herr Gott noch mal, der Mann war ein Vollidiot.

Beruflich steckte ich auch fest. Alle Kollegen, die mit oder vor mir angefangen hatten, waren befördert worden oder in andere Kliniken weitergezogen. Markus, den ich auf den Tod nicht ausstehen konnte, war der nächste Oberarztkandidat.

Eines Nachts, als ich durch die leeren Gänge strich, sah ich Licht in der Röntgenabteilung. Die Röntgenassistentin war ein nettes Mädchen, ich schaute für einen kurzen Schwatz vorbei. Mehrere Thorax Aufnahmen lagen herum. Ich half ihr beim Aufräumen. Da fiel mir auf, dass eines der Bilder Markus gehörte. Markus sei wegen seines Hustens beim Personalarzt gewesen. Es sei eine Routineuntersuchung gewesen, erklärte mir die Röntgenassistentin, als ich sie danach fragte. Die Aufnahme zeigte völlig unauffällige Befunde. Schade, eigentlich ...

Während die Assistentin in der Dunkelkammer verschwand, vertauschte ich das Bild mit dem eines Patienten.

Als Markus am nächsten Morgen erfuhr, dass er vermutlich Lungenkrebs hatte, kündigte er seine Stelle. Nach einer Woche wurde offensichtlich, dass die Bilder verwechselt worden waren. Markus war aber schon nicht mehr erreichbar. Er hatte sich in Indien einem Ashram angeschlossen, wo er ungestört sterben wollte.

Nachdem Markus auf nimmer Wiedersehen verschwunden war, war ich endlich der Dienstälteste. Eines Abends sagte der Chefarzt beim Rapport:

„Ich freue mich, Ihnen mitzuteilen, dass Herr Erwin Koller zum leitenden Arzt ernannt wurde.“ Koller stand auf und nahm breit grinsend die Glückwünsche entgegen.

„Und ich darf euch unsere frisch gebackene Oberärztin vorstellen. Frau Doktor Marion Kummer.“ Noch mehr Glückwünsche.

Die Tage vergingen. Ich nahm ein paar Anläufe, den Chefarzt zu fragen, warum ich bei der Beförderung übergangen wurde. Im letzten Moment verliess mich aber immer wieder der Mut. Am schwierigsten zu ertragen waren die Operationen mit Marion und Koller zusammen. Ich versuchte so gut es ging, solchen Situationen aus dem Weg zu gehen. Aber es liess sich nicht immer vermeiden. Eines Morgens standen wir drei wieder einmal gemeinsam am OP Tisch.

„Dobrowsky, zieh stärker an den Haken. Schnucki, du musst dort saugen, wo ich schneiden will“, sagte Koller.

Ich biss die Zähne zusammen. Mein Kiefer schmerzte. „Sag noch einmal Schnucki und ich bringe dich um“, dachte ich. Dann sagte er es.

„Dobrowsky, leg die Schere hin. Das ist ein Oberarztjob. Du bist nun mal der Hakenknecht. Schnucki, du darfst den Faden abschneiden.“

Mir rauschte das Blut in den Ohren. Plötzlich fing Koller laut zu Quieken an. Die Schere steckte in seiner Hand. Ich entschuldigte mich für das Missgeschick. Marion und ich beendeten die Operation.

In diesem Jahr widerfuhren Koller die merkwürdigsten Unglücksfälle, so dass er immer irgendeinen Körperteil in einem Verband hatte. Am Skitag der Klinik brach er sich ein Bein, weil sich seine Bindungen gelöst hatten. Dann hatte er eine Platzwunde am Kopf und eine Hirnerschütterung, weil ihm ein Dachziegel auf den Kopf gefallen war. Ein gebrochenes Handgelenk, als an seinem Fahrrad die Bremse versagte. Marion vertrat ihn bis er wiederhergestellt war.

Dann kam es, wie es kommen musste. Marion hatte aus Versehen und in der Eile eines meiner Arbeitsshirts angezogen. Von hinten nach vorne geschrieben zwar, aber deutlich lesbar stand hinten auf ihrem Rücken in roten Grossbuchstaben YKSWORBOD. Koller starrte darauf. Er machte ein Gesicht, als wäre er gerade aus einem Koma erwacht und hätte erfahren, dass er inzwischen Grossvater geworden war.

***

Die Therapiestunden mit Agnes verlaufen jetzt mehrheitlich so, dass ich sie einfach erzählen lasse. Sie bestimmt, welche der Personen sie darstellen will, schlüpft mühelos von einer Rolle in die nächste.

In der Literatur wird ein Fall mit multipler Persönlichkeitsstörung beschrieben, der so sehr in seinen verschiedenen Identitäten aufging, dass er an manchen Tagen kurzsichtig war und an anderen einen Diabetes hatte. Trotz ihrer Geschichte scheint mir Agnes nicht verrückter zu sein als ich. Falls das ein Massstab ist. Je besser wir uns kennen lernen, umso mehr wirkt sie auf mich wie eine normale Frau, die von Verrückten umgeben ist. Wahrscheinlich ist ihr nicht bewusst, wie gut ich sie verstehen kann.

Ich habe ein wenig nachgeforscht. Das Krankenhaus in Blumenthal gibt es tatsächlich. Die Chefärzte heissen aber anders. Zudem gibt es im ganzen Land niemand, der den Namen d'Estrées trägt, Dobrowsky ebenso wenig. Aber was heisst das schon? Ich vertraue auf meinen Instinkt und führe die Gespräche weiter. Heute war sie wieder Chefarzt Koller bei der Chefvisite an einem Montagmorgen.

***

„Wie geht es Ihnen im Allgemeinen und im Speziellen, Frau Graf?“, fragte ich.

„Frau Graf ist mit einer runterhängenden Harnblase ins Krankenhaus gekommen und wurde am Freitag operiert“, erklärte der mürrische Assistenzarzt mit dem Gipsbein zu niemand Bestimmten. Die Patientin sass in ihrem Bett und schien die Aufmerksamkeit zu geniessen. Bevor sie mir antworten konnte, wurde ich ans Telefon gerufen. Als ich zurückkam, erklärte das Gipsbein:

„Die Gebärmutter haben wir entfernt, Frau Graf. Die wäre ja sonst nur mit dem ganzen Gewicht an ihrer frisch aufgemotzten Blase gehangen, wuchtig wie sie war. Mitsamt den Eierstöcken, die in Ihrem Alter sowieso nichts mehr nützen. Wo der Bauch schon offen war, haben wir den Blinddarm auch gleich mitgenommen. Die ausgeleierte Blase hat der Chef", er zeigte mit dem Daumen auf mich, „in Ihrem Bauch aufgehängt."

„Wie mit zwei Hosenträgern", ergänzte ich lächelnd. Wenn ich daran dachte, dass ich das Gipsbein beinahe zum Oberarzt befördert hätte, brach mir der kalte Schweiss aus.

„Und die Scheidenraffung?", fragte Frau Graf.

Ja, die hatten wir auch gemacht. Darauf hatte Frau Graf bestanden. Nach dem Baucheingriff hatten wir die übergewichtige Frau dazu umlagern müssen. Es war ein Albtraum gewesen. Der Kurze mit dem Gipsbein hatte gestöhnt und vor sich hin geflucht, der Lange mit den zwei linken Händen sämtliche Instrumente vom Tisch gefegt.

Frau Graf ging es gut. Im Allgemeinen und im Speziellen. Ich stellte seit Jahren jeder Patientin dieselbe Frage. So vermied ich unschöne Ausdrücke wie Scheide, Ausfluss, Mastdarm oder Mutterkuchen.

„Vereinbaren Sie schon mal einen Termin in sechs Wochen mit meiner Sprechstundenhilfe für eine Nachkontrolle", nagelte ich sie fest. So konnte sie mir nicht entwischen. Vor der Türe des nächsten Krankenzimmers sagte das Gipsbein:

„Ein Uterus myomatosus. Sie kommt morgen dran."

„Wie geht es Ihnen im Allgemeinen und im Speziellen?", erkundigte ich mich am Bett der Patientin.

Plötzlich musste ich an Marion denken. Zwölf Jahre und zwei unglückliche Ehefrauen hatten nichts daran geändert, dass ich nachts immer noch von ihr träumte. Von meiner Marion mit den gebräunten

Beinen und dem festen Hintern. Ich hörte, wie sie heiser lachte, schaute zu, wie sie sich langsam auszog, sog ihren Duft ein.

Jemand gähnte hinter meinem Rücken. Lindemann, dieser Tölpel. Unrasiert, Ringe unter den Augen. Der Rest meines Gefolges war heute auch nicht besser drauf. Die eine machte ein Gesicht, als litte sie unter Migräne. Die anderen zwei sahen aus, als wären sie schuld daran. Die Oberschwester musterte mürrisch die Unterhosen der Abteilungsschwester. Sie waren geblümt und zeichneten sich durch den weissen Kittel ab.

Wir bissen uns durch weitere Krankenzimmer. Bis auf einen geschwollenen Unterschenkel gab es keine Probleme. Keine geplatzten Nähte, keine beängstigenden Fieberzacken. Kein Neugeborenes, bei dem der Geburtsverlauf Nachhilfestunden in Mathe prophezeite. Aber von einem Montagmorgen war nichts Gutes zu erwarten. Vielleicht drohte doch ein Unheil vom Unterschenkel. Eine Thrombose, Lungengenembolie, Tod. Ich sah mich im Gefängnis. Ich blieb stehen und tippte auf den Unterschenkel.

„Etwas hat sie“, sagte ich bedeutungsvoll.

„Jaaa, da muss man schon schauen“, murmelte einer der zwei Assistenten gedehnt, was so viel hiess wie: „Interessiert uns nicht die Bohne, Chef.“

Erst als Lindemann versprach, sich darum zu kümmern, liess ich vom Unterschenkel ab. Das war genau die richtige Aufgabe für diesen Korinthenkacker. Er würde keine Ruhe finden, bis er die letzte Publikation über geschwollene Unterschenkel gelesen hatte.

Der Piepser des Langen ging los. Er wählte die Nummer seines Suchers am nächsten Telefon und meldete sich.

„Eine Hausgeburt?“, kreischte er und rannte los. Er fegte das Telefon vom Tisch. In der Mitte des Flurs drehte er um, rannte zurück und informierte uns, dass er mit der Ambulanz zu einer Hausgeburt fahren müsse. Ich rief ihm noch „Plazenta!“, nach, aber er war mit seinen langen Beinen schon weg. Eine Geburt wurde an dem Ort registriert, wo die Plazenta geboren wurde, aber dieser Tollpatsch würde natürlich nicht daran denken und sie zu Hause entfernen. Noch ein Schlag für meine Geburtenstatistik, die dank Dobrowsky schon in Schräglage war.

***

„Ab jetzt übernimmt wieder Schwester Rosa“, sagte Agnes und schrumpfte in ihrem Sessel zu einer kleinen, alten, zähen Frau zusammen. Ich konnte fast ihre Nonnentracht sehen. Ich neigte meinen Kopf langsam nach rechts und links, um meinen verspannten Nacken zu lockern. Es knackste in meinen Gelenken.

In jeder freien Minute übte Frau Meier mit mir Kartenzählen. Von der ständigen Konzentration war mein Gesicht wie eingefroren, meine Kiefergelenke waren eingerastet wie bei einem komplizierten Schloss. Frau Meier sagt, ich hätte ein Pokerface. Falls es mit Black Jack nicht klappt, könnte ich es immer noch mit Pokern versuchen. Mit unbewegter Miene sagte ich:

„Erzählen Sie, Schwester Rosa.“

***

Heute war Hochbetrieb. Tagelang war nichts los gewesen, und jetzt kamen gleich drei Geburten aufs Mal. Eine hatte es so eilig, sie würde es mit allem Hecheln der Welt nicht mehr rechtzeitig zu uns ins Krankenhaus schaffen. Ich sprang von meinem Stuhl. Eine Schwangere platzierte ich im ersten Gebärsaal. „Hecheln!", brüllte ich ins Telefon und rannte zum nächsten Telefon, um Verstärkung zu holen. Meine Haare lösten sich vom strengen Knoten, als ich in den ersten Saal zurückschoss. Den jungen Ehemann, der umzukippen drohte, brachte ich in Sicherheit, machte meine Untersuchungen und rannte in den zweiten Saal. „Hecheln!", schrie ich ins Telefon im Vorbeilaufen.

Der junge Arzt mit den langen Beinen platzte in den Gebärsaal hinein.

„Schwester Rosa, ich habe noch nie eine Geburt gesehen!", schrie er so verzweifelt, als müsste er selbst gebären.

„Fünf bis sechs Zentimeter, es geht ihm prächtig", beruhigte ich die verwirrte Frau, während ich über das Problem nachdachte.

„Hecheln!", brüllte ich ins Telefon. Ein Neugeborenes brüllte wütend zurück. Der junge Arzt und ich entspannten uns. Er musste nur noch abnabeln und Mutter und Kind mit dem Krankenwagen hierher eskortieren.

***

Agnes nennt mich jetzt tatsächlich Frau S. Der Name scheint sie zu belustigen. Mich erinnert er an eine weit entfernte, weit schönere Zeit während meiner Ausbildung, als ich noch jung war und mit Kollegen herumalberte.

Am Wochenende fuhren Frau Meier und ich nach Monaco, um Feldstudien zu betreiben. Das Wetter war herrlich und für einen Moment vergass ich Gerald und meine Geldsorgen. Unsere Ersparnisse reichten zwar nur für ein kleines Zimmer weit ausserhalb der Stadt, aber wir liessen es uns nicht nehmen, am Samstagabend das berühmte Casino Monte Carlo zu besuchen. Nach einer Stunde Zuschauen, kauften wir für fünfzig Francs Jetons und verloren sie umgehend. Es ging mir zu schnell, mit Kartenzählen hatte ich keine Chance. Die Überwachungskameras und das elegante Publikum machten mich nervös. Der Texanische Ölmagnat, der neben mir spielte, verlor ebenfalls fünfzig. Tausend. Danach beschlossen wir unser Glück in einem der weniger pompösen Kasinos zu versuchen.

Das nächste sah mehr wie eine Spielhölle als ein Kasino aus. In dunklen Ecken sassen verzweifelte Gestalten und verspielten ihr Hab und Gut. Wir setzten uns an einen Black Jack Tisch und schauten eine Weile zu. Ich hatte den Dreh mit dem Kartenzählen einigermassen raus, musste mich aber enorm konzentrieren. Ich schlug mich gut und die Stapel mit Jetons vor mir wuchsen erfreulich. Gegen Mitternacht hatte ich zehntausend Francs gewonnen.

Zwei Rausschmeisser pflanzten sich rechts und links von mir hin und wir wurden gebeten, das Lokal zu verlassen. Sie begleiteten uns zum Ausgang. Frau Meier verlangte den Geschäftsführer zu sehen. Ein Typ mit einem brutalen Gesicht und in einem teuren

Anzug, der sich über seine Muskeln spannte, kam herbei. Er bellte in rasantem Tempo auf Französisch auf uns ein, Frau Meier schrie auf Deutsch zurück, als sich eine sehr arrogante, sehr britische und mir sehr bekannte dritte Stimme einmischte.

Gerald.

Wie aus dem Nichts stand Gerald da. Er stellte sich als mein Anwalt vor. Der Kasinobetreiber schnippte mit den Fingern in Richtung seiner Gorillas. Sie liessen uns gehen. Den Gewinn durfte ich, wohl dank Geralds Anwesenheit, mitnehmen. Allerdings bekamen wir Hausverbot. Als ich an der Türe zurückblickte, machte der unheimliche Mann ein Zeichen, als würde er sich die Kehle durchschneiden.

„Spionierst du mir nach?“, fauchte ich Gerald an, sobald das Kasino ausser Sichtweite war. Statt einer Antwort grinste er breit. Er sah sehr zufrieden mit sich aus.

Ich schob meine Gedanken beiseite und konzentrierte mich auf Frau d’Estrées. Als wir die Stunde beendeten, bat sie mich nochmals, sie Agnes zu nennen. Ich schlug ihr vor, das nächste Mal zu erzählen, wie sie jene Zeit vor fünf Jahren aus ihrer eigenen Sicht, als Agnes, erlebt hatte. So kann ich meine These der multiplen Persönlichkeiten noch einmal überprüfen.

Kapitel 6

„Frau S. fand, ich sollte vielleicht versuchen zu erzählen, was Agnes vor fünf Jahren erlebt hatte", sagte Agnes. Sie stand mit Elfie in der Küche und half, die Einkäufe auszupacken.

„Sie sagte es so, als müsste sie mir schonend beibringen, dass ich selbst diese Agnes sei. Glaubt sie vielleicht, ich hätte eine Schizophrenie oder was?", fragte Agnes ihre Schwägerin.

„Keine Ahnung, wie die auf so was kommt. Wahrscheinlich hat sie selbst nicht alle Tassen im Schrank", vermutete Elfie.

„Bist du sicher, dass du all diese Gemüsesäfte trinken willst?", fragte Agnes mit einem Blick auf die Getränkeflaschen, die sie aus der Einkaufstüte nahm. „Ist ja nicht so schlimm, dass ich mir einen Bruch holte, als ich zwölf Flaschen Karottensaft in den dritten Stock schleppte. Aber es tut weh, wenn du das Zeug wieder herauskotzt."

„Das Baby soll nicht kurzsichtig sein wie sein Vater", erklärte Elfie und nippte vorsichtig an der orangen Flüssigkeit in ihrem Glas. „Aber, stell die Flaschen bitte weg", rief sie während sie würgend ins Badezimmer rannte. Zehn Minuten später sass Elfie wieder quietschfidel am Küchentisch und biss in ein Käsesandwich.

„Ich habe nachgeschlagen, was es mit diesem Es auf sich hat", erklärte Agnes. „Bei Freud bedeutet das Es so viel wie das Unbewusste. Auch das Triebhafte, und die sexuelle Begierde." Sie kniff die

Augen zusammen und entfernte den Haargummi, der ihren Rossschwanz zusammenhielt. Sie schüttelte den Kopf, dass ihre Haare um sie flogen.

„Also Frau Es, ich erzähle Ihnen was Agnes vor fünf Jahren erlebte“, sagte sie.

***

Für das Personalfest war eine Band engagiert worden. Sie spielten beschwingt und spritzig. Der Prosecco hatte mein Hirn schachmatt gesetzt. Meine Schenkel waren wie Brei. Unauffällig sog ich den Duft von Dobrowskys Aftershave ein. Nach zwei Jahren Liebeskummer fühlte ich mich endlich wieder lebendig. Bis Elfie zu uns kam.

„Komm Mädchen!“, brüllte Dobrowsky und packte sie an der Taille.

Elfie sah in seinen Pranken federleicht aus. Ich war auch nicht gerade gross und dick, aber doch um eine gefühlte Tonne schwerer als dieses Mädchen. Ich trainierte regelmässig Kung Fu und laut Egon sah ich zum Fürchten aus. Männer kamen jedenfalls nicht auf die Idee, mich durch die Luft zu wirbeln.

Dobrowsky setzte Elfie an seine andere Seite. Ich versuchte zierlich auszusehen.

Er erzählte, als Gymnasiast habe er einen Tanzkurs besucht, um Mädchen kennen zu lernen. Die Tanzlehrerin habe Agnes geheissen. Er lachte bei dieser Erinnerung, stiess mit mir an und brüllte aus vollem Hals: „Auf Agnes, auf Agnes!“

Während ich mich noch vor Verlegenheit wand, packte er Elfie und schleifte sie auf die Tanzfläche.

Dobrowsky war zwar massig, aber nicht besonders gross. Vermutlich hatte er Elfie als

Tanzpartnerin gewählt, weil er auf sie runter schauen konnte. Elfie war einfach winzig. Ihr Tanz mit Dobrowsky sah wie ein Mutter-Kind-Turnen aus. Statt die beiden anzustarren, beschloss ich, mich um ein Gespräch mit meinen Tischnachbarn zu bemühen. Neben mir sass ein korpulenter Mann mit einem verwüsteten Gesicht. Odermatt, der Chefarzt der Chirurgie, anscheinend eine Koryphäe, die es nach Blumenthal verschlagen hatte. Er blies aus seiner Nase und dem Mund Rauchwolken. Ich verwarf den alten Griesgram als Gesprächspartner.

Mir gegenüber nahm ein Mann Platz. Ich schätzte ihn auf Ende Zwanzig. Er hatte braune, strubbelige Haare und dunkelblaue Augen mit unglaublich dichten Wimpern. Er sass da und grinste mich an. Meine Mundwinkel zogen sich unwillkürlich nach oben.

„Ich bin Agnes", sagte ich leicht verlegen, weil er mich immer noch amüsiert anschaute.

„Ich weiss", sagte er, „habe ich mitbekommen." Er hob sein Bierglas und formte mit den Lippen: „Auf Agnes, auf Agnes!"

Plötzlich wurde die Musik laut. Ein Gespräch war nicht mehr möglich. Der Mann sagte etwas, was ich nicht verstehen konnte. Dann lachte er. Dobrowsky und Elfie tanzten einen Rock 'n' Roll. Er wirbelte Elfie wie eine Stoffpuppe herum. Als ich mich wieder umdrehte, war der gutaussehende Typ verschwunden.

Die Band machte eine Pause und die Tanzenden kehrten lachend an ihre Plätze zurück. Elfie hatte rote Backen und ihre Haare standen wild von ihrem Kopf ab. Der Klinikverwalter rannte auf die beiden zu und schob Elfie grob zur Seite. Er packte Dobrowsky an beiden Händen, bevor dieser sich setzen konnte.

„Herr Koller wurde leider durch einen Notfall verhindert. Würden Sie an seiner Stelle eine Rede halten?“

Ich fragte mich, nicht zum ersten Mal, ob der Typ schwul war. Er schien Dobrowskys Hände gar nicht mehr loslassen zu können. Dobrowsky zierte sich nicht lange. Zusammen gingen sie zur Bühne. Dobrowsky nahm das Mikrofon:

„Liebe Freunde!“, fing er an. „Ich wurde gebeten, einige Worte anstelle von Erwin Koller an euch zu richten.“

Ich suchte mit den Augen Egon. Vielleicht könnte ich ihn zwischen Dobrowsky und Elfie platzieren. Aber mein Bruder war verschwunden.

„Wie ihr wisst, kennen Doktor Koller und ich uns schon lange. Ich wusste schon immer, dass er es mal weit bringen würde. Denn, drei Dinge braucht der Arzt, um erfolgreich zu sein: einen Schnurrbart für die Autorität, einen dicken Bauch für die Würde und Hämorrhoiden für den besorgten Gesichtsausdruck“, begann Dobrowsky seine Rede. Die Menge grölte.

Als ich in Blumenthal ankam, konnte ich mit Freude feststellen, dass die Ehe meinem langjährigen Freund gutgetan hat“, fuhr er fort. „Der zum zweiten Mal frischgebackene Bräutigam hat sich ein Bäuchlein zugelegt und strotzt vor Gesundheit. Man könnte fast sagen, er sei wie ein Brötchen, das durchs Aufbacken wieder knusprig geworden ist.“

Dobrowsky machte eine Pause, um das Gelächter zu geniessen. Seine Augen leuchteten, als er mit seiner alkoholseligen Rede fortfuhr. „Ich kann in seinem Namen nur wiederholen, was schon Julius Caesar gesagt hat: Lasset dicke Männer um mich sein, dicke Männer mit glatten Köpfen."

Ich musste auf die Toilette, wollte aber das Feld nicht räumen. Nach einer Ewigkeit und etlichen Gemeinheiten an Kollers Adresse, kehrte Dobrowsky unter tosendem Beifall an seinen Platz zurück.

Elfie sagte mit gerunzelter Stirn:

„Ich fand es ziemlich unfair Herrn Koller gegenüber."

Dobrowsky überhörte die Bemerkung, drehte Elfie den Rücken zu und ignorierte sie von diesem Moment an. Der Zeitpunkt war gekommen, sich mit Elfie zu solidarisieren. Er ging unbeachtet vorbei.

„Ich fand es sehr treffend", sagte ich. Leider. Und ich toppte es noch: „Ist toll, dass du so witzige Reden halten kannst." Keine Ahnung, warum ich das tat. Prosecco? Der alte Liebeskummer? Der Frust, dass der tolle Typ mit den strubbligen Haaren und lachenden Augen wieder verschwunden war?

Um es kurz zu machen: Einige Stunden später stand ich in Dobrowskys Wohnzimmer. Während er Drinks zubereitete, schaute ich mich um. Da ich gerne Bücher las, fand ich es spannend, was Leute so in ihrem Büchergestell hatten. Dobrowskys Sammlung war überschaubar. Einige Dutzend Weinatlanten und dazwischen gequetscht ein Taschenbuch mit dem Titel: „Scheidung ohne Schmerzen". Ich fragte mich, wie er mit diesem literarischen Hintergrund dazu kam, Shakespeare zu zitieren. Auf dem Salontisch lag ein Kunstband über den Wiener Maler Dobrowsky.

Dobrowsky kam mit zwei Cuba libre zurück. Er deutete mit dem Kopf auf den Kunstband, den ich mir gerade anschaute.

„Mein Grossvater", sagte er bescheiden. Auch wenn ich noch nie zuvor von dem Maler gehört hatte, war ich beeindruckt.

Dobrowsky war jetzt nicht mehr aufgekratzt, er wirkte melancholisch. Die Zeichen fortgeschrittener Betrunkenheit missdeutete ich als sein wahres Ich. Er begann, von seiner gescheiterten Ehe zu erzählen. Er räumte ein, dass seine Exfrau möglicherweise nicht ganz allein schuldig gewesen war an ihren Problemen. Einsichtig, fand ich. Er trug ihr nichts nach. Grosszügig. Jedenfalls hatte er es geschafft, sich scheiden zu lassen, bevor er mit seiner Arztpraxis an das grosse Geld gekommen war, sagte er augenzwinkernd. Na, prima, intelligent war der Mann ja auch noch. Ich wollte gerade auch etwas von meiner letzten unglücklichen Beziehung erzählen, als er abrupt das Thema wechselte.

„Weisst du, dass ich mir vor einigen Jahren überlegt habe, ein Toupet zu tragen? Das war kurz nach der Scheidung. Ich konnte mich nicht im Spiegel anschauen." Ich öffnete den Mund, um etwas Tröstendes zu sagen. Doch er fuhr schon fort:

„Bis mir eine Frau sagte, wie scharf sie meine Glatze findet. Du kannst dir nicht vorstellen, wie oft ich es inzwischen gehört habe."

Ich konnte.

Dobrowskys Geplauder ging fröhlich weiter. Ich sagte gelegentlich Sachen wie, „ja was" und unterbrach ihn zwei Mal, weil ich auf die Toilette musste. Mir schlägt Aufregung immer auf die Blase.

Als ich von meinem letzten Toilettengang zurückkam, sass er auf der Couch. Er nahm mich an der Hand und zog mich zu sich. Plötzlich ging alles sehr schnell. Er drehte mein Gesicht zu sich und presste seine Lippen auf meine. Ich öffnete meine Lippen, sofort fühlte ich seine Zunge in meinem Mund. Mir begann es angenehm an der Wirbelsäule zu kribbeln. Sein Dreitagebart kratzte mich, aber auch das war lustvoll. Seine Lippen wanderten zu meinem Hals und weiter hinunter. Eine Hand schob er unter meinen Hintern, seine Finger suchten sich den Weg am Rand meiner Unterwäsche entlang, bewegten sich auf ein sehr empfindliches Gebiet zu. Die andere Hand liess er unter mein Top gleiten und mein Unterleib verwandelte sich endgültig in ein brennendes, saftiges, pochendes Verlangen. Es war so lange her und es tat verdammt gut! Ich bog den Rücken durch und schlang meine Beine um seine Hüften. Hastig öffnete ich seinen Gurt. Er schob mich unter sich. Ich öffnete mich mit einem heiseren Keuchen. Ich wollte es jetzt, sofort.

Dobrowsky sagte: „Aaah!“, drehte sich um und legte sich mit geschlossenen Augen auf den Rücken. Ich gab ihm eine Erholungspause.

Dobrowsky schnarchte.

Er schnarchte?

Ich richtete mich auf, um ihm ins Gesicht zu sehen. Er hatte goldgefüllte Backenzähne. Mehr war im Moment nicht aus ihm rauszukriegen. Er schlief wie im Koma. Ich konnte es nicht fassen. Mein Herzschlag beruhigte sich. Tränen der Frustration und Scham liefen meine Wangen runter. Meine Blase meldete sich wieder und eine Dusche konnte ich auch brauchen. Ich befreite mich von seinem

Gewicht, er murmelte etwas Unverständliches und blieb wie ein nasser Sack liegen.

Ich liess mir sehr viel Zeit unter der Dusche. Das warme Wasser tat gut. „Ach, weisst du, das macht doch nichts“, sagte ich zum Spiegel, bevor ich das Badezimmer wieder verliess, „vielleicht ist es ihm ja auch peinlich, dass er so schnell gekommen ist und es geht weiter, wenn er sich erholt hat.“

Mit feuchten Haaren und in ein knappes Badetuch eingewickelt trat ich zurück ins Wohnzimmer. Ich sah appetitlich aus, wie ich fand. Dobrowsky war wach, angezogen und legte gerade den Telefonhörer auf. Er schaute mich an, als versuchte er sich zu erinnern, warum ich auf seinem Teppich stand und tropfte.

„Ich muss in die Praxis“, sagte er gutgelaunt. „Dort wartet auch eine Frau auf mich.“ Er zwinkerte mir zu. An der Türe drehte er sich noch einmal um, kramte etwas aus seiner Tasche und drückte mir dann ein Päckchen mit drei Tabletten in die Hand. Tridon stand darauf.

„Du scheinst eine Blasenentzündung zu bekommen. Nimm alle drei auf einmal“, sagte er und verschwand pfeifend durch die Türe.

Ein Tag nach dem Personalfest lag ich auf dem Rücken im Bett und versuchte mich zu entspannen. Mit Egon in Schlepptau, hatte ich schon eine ganze Menge Entspannungskurse besucht. Ich hoffte immer noch, ich würde meinen schüchternen Bruder an eine Frau verkuppeln können.

Ich konzentrierte mich abwechselnd auf meine Atmung, den kleinen Zeh links, meinen Herzschlag oder den rechten Unterschenkel und landete nach einigen Sekunden wieder bei meinen üblichen, mehr oder weniger tiefschürfenden Gedanken. Zum Beispiel erinnerte mich der rechte Unterschenkel an Koller. Er hatte die Angewohnheit, gewisse Wörter besonders stark zu betonen. Schenkel war so eins. Er sprach es wie eine Beschwörung aus, mit Betonung auf sch und k. Es hörte sich an wie eine Obszönität. Also, die Unterschenkel sind schwer und warm. Weiter kam ich nicht, da sich meine Blase schmerzhaft zusammenzog. Ich hatte eine sehr empfindliche Blase. Alle Herzens- und Unterleibsangelegenheiten arteten rasch in eine Blasenentzündung aus. Der nächste Krampf trieb mir die Tränen in die Augen. Ich setzte mich auf und sagte: „Das macht mir gar nichts aus." Ich rannte zum Klo und sagte nochmals: „Ach, weisst du, das macht mir gar nichts." Es war natürlich niemand da, der mir zuhörte, was gut war, weil ich inzwischen lautstark heulte. Ich nahm alle drei Kapseln gleichzeitig, so wie es Dobrowsky empfohlen hatte. Hoffentlich verstand er wenigstens davon etwas, dieser Hund.

Schon nach kurzer Zeit beruhigte sich meine Blase. Nicht so, meine Gedanken. Je mehr ich versuchte, das Personalfest zu verdrängen, umso hartnäckiger meldete sich die Erinnerung daran, wie ich mich zum Narren gemacht hatte.

***

Agnes schaute mich unsicher an, als sie fertig war und fragte, ob sie das nächste Mal wieder eine andere Person erzählen lassen könne. Ihre Schwägerin Elfie zum Beispiel. Vielleicht nur kurz, um wieder etwas Distanz zu gewinnen.

Ich bezweifle inzwischen wieder, dass sie unter einer multiplen Persönlichkeitsstörung leidet. Ich denke eher, das Thema ist ihr einfach peinlich, darum macht sie solche Umwege. Damit kann ich umgehen. Ich bin selbst Meisterin darin. Heute wirkte sie auch nicht mehr so, als hätte sie gerade einen Joint geraucht.

Ich sprach sie auf ihre Tochter Nicole an. Ich fragte sie, wie die Beziehung zu Nicoles Vater war und wann sie sich von ihm getrennt hatte. Ich wollte herausfinden, ob sie sich noch mit diesem Dobrowsky traf. Sie lenkte vom Thema ab. In der restlichen Zeit sprachen wir darüber, dass sie das Gefühl hatte, sich im Kreis zu drehen. Ich muss sehr behutsam mit ihr umgehen, sonst verliert sie das Vertrauen und versteckt sich hinter den Lebensgeschichten anderer.

Heute hatte ich gleich zwei Anwaltstermine. Der erste mit dem Scheidungsanwalt verlief wie immer. Der Mann erwärmte sich wie so oft für Gerald:

„Ein aalglatter Typ dieser Gerald. Wirklich, ein schlauer Fuchs.“ Mein tierliebender Anwalt pfiff bewundernd durch die Zähne. „Ein sehr interessanter Fall. Er macht geltend, dass er seine eigenen Interessen wegen Ihnen zurückgestellt hat. Sie waren zwölf Jahre verheiratet, in denen Ihr Mann für Sie den Haushalt führte, damit Sie Karriere machen konnten.“

„Auf wessen Seite stehen Sie eigentlich?“, fragte ich. Er schaute mich tadelnd an.

„Für wie wahrscheinlich halten Sie es, dass er mit Fünfzig und nach zwölf Jahren Unterbruch wieder eine standesgemässe Anstellung findet? Sie müssen froh sein, dass Sie ihm nicht für unbegrenzte Zeit Unterhalt zahlen müssen", belehrte er mich. Ich glaube, er wollte damit andeuten, dass ich seine Bemühungen gegen diesen gerissenen Gegner zu wenig würdigte.

Der zweite Anwaltstermin am Nachmittag verlief nicht erfreulicher. Der Anwalt glaubte mir nicht, dass ich von Gerald verfolgt und von der Mafia erpresst wurde. Gut, vielleicht nicht gerade von der Mafia, aber vom Betreiber des Kasinos mit Mafiamethoden. Ich hatte einen Umschlag ohne Absender mit nur einem Foto von mir im Spielkasino bekommen. Ich versuchte herauszufinden, ob Gerald oder der Typ vom Kasino dahinter steckte. Der Poststempel war zwar aus Monaco, allerdings wäre das genau die Art von Irreführung, die zu Gerald passen würde. Der Anwalt hielt mich für hysterisch und paranoid. Dabei weiss er noch nicht mal, dass ich auf Gerald einen Privatdetektiv angesetzt habe.

Frau Meier schwört auf eine neue Methode, im Kasino das grosse Geld zu gewinnen. Sie hat es mir nochmals haarklein erklärt. Wenn es nach ihr ginge, sollten wir dieses Wochenende wieder losziehen. Es gibt ja einige Kasinos, in denen wir noch kein Hausverbot haben. Heute Morgen sagte sie:

„Wir sind so kurz davor, ans grosse Geld zu kommen!" Sie kniff die Augen zusammen und zeigte mir einen zwei Millimeter grossen Spalt zwischen ihrem würstchenförmigen Daumen und Zeigefinger. Ich glaube eher, wir sind noch näher dran, im Knast zu landen oder von der Mafia ermordet zu werden. Wahrscheinlich beides.

Ich schob die Gedanken an mein Privatleben beiseite und bat Agnes von ihrer Schwägerin Elfie zu erzählen.

***

Im Therapiesaal warteten sechs plumpe Wöchnerinnen auf mich.

„Der rechte Ellbogen zum linken Knie!“, sagte ich. Ich führte es ihnen mit meinem schlanken, durchtrainierten Körper geschmeidig vor. Die sechs Frauen mit den schweren Brüsten und hängenden Bäuchen machten es mir nach. „Und den linken Ellbogen zum rechten Knie!“ Fliessend bewegte ich die Arme und Beine. Mir war klar, dass sich die Frauen kaum rührten, um ihre geschundenen Dämme zu schonen und hofften, es würde mir nicht auffallen.

Es war meine erste Stelle nach der Physiotherapieschule. Ich war neu an diesem Krankenhaus und zum Fest gegangen, um ein paar Leute kennen zu lernen. Dieser Dobrowsky ging mir nicht mehr aus dem Kopf. Es prickelte alles in mir, wenn ich an ihn dachte, obwohl ich nicht vorhatte, mich je wieder zu verlieben.

In der psychiatrischen Klinik, wo ich einige selbstzerstörerische Monate nach der Trennung von Stefan gelandet war, hatte ich gelernt, mich selbst zierlich, grazil und charmant zu nennen anstelle der Beleidigungen, die mir spontan zu mir einfielen.

Ich bemerkte die verzweifelten Blicke der Wöchnerinnen und hörte auf meine grazilen Ellbogen zu meinen charmanten Knien zu führen. Ich zeigte die nächste Übung: „Jetzt die Scheide fest zusammenklemmen und halten. Den sechs Frauen durfte es inzwischen aufgefallen sein, dass sie keine Kontrolle mehr über das besagte Teil hatten, liessen sich aber nichts anmerken.

Mir war nicht entgangen, wie dieser Dobrowsky am Personalfest irgendwann mit Agnes verschwunden war. War ja klar, sie war viel spannender als ich. Mich fanden die Leute bestenfalls süss. Ich würde auch mal gern mit meinem Charme einen Mann in den Wahnsinn treiben.

Ich wechselte zu einer strengeren Übung. Sie sollten nicht ihr Leben lang wie gestrandete Wale aussehen, bloss weil sie ein Kind gekriegt hatten. Die Frauen drehten sich vorsichtig auf den Rücken und zappelten mit den Beinen in der Luft. Ich übte derweil an meinem Femme fatale Gesicht, mit dem ich Dobrowsky verführen wollte. Da wäre auch noch Egon, aber der kam schon deshalb nicht in Frage, weil er mich zu sehr an meinen Exfreund Stefan erinnerte.

Stefan machte jetzt Karriere in den USA und ich war in Blumenthal gelandet. Wo hätte ich auch sonst hin sollen? Plötzlich wurde ich wieder in die Zeit zurück katapultiert, als Stefan mich verlassen hatte.

Den letzten Koffer für den zweijährigen Aufenthalt in Los Angeles hatten wir gerade zugemacht, als dieser Ratte eingefallen war, dass er doch lieber allein verreisen wollte. Er sagte es mir in der leeren Wohnung: „Ich kann dich nicht in die Staaten mitnehmen.“ Ich glaubte es zuerst nicht. Im ersten Moment lächelte ich sogar unsicher, weil ich es für einen Scherz hielt. Da hatte auch er gelächelt, erleichtert, dass ich es so sportlich nahm.

„Ich kann dich nicht in die Staaten mitnehmen“ hörte sich nicht gut an. Mal abgesehen davon, dass es sich anhörte, als wäre ich ein übergewichtiges Gepäckstück. Aber das wonach es sich anhörte, war schlichtweg unvorstellbar, also dachte ich, er habe bloss Panik wegen der Reise, Flugangst, oder was weiss ich. Stefan war die Liebe meines Lebens, ich war mir vollkommen sicher, dass auch ich sein Ein und Alles war. „Ich kann dich nicht mitnehmen“, machte einfach keinen Sinn. Ich flehte ihn an, mir das nicht anzutun. Es sah aus, als täte es ihm Leid. Ich zog ihn auf die Campingmatte, drängte ihm meinen Körper auf. Ich klammerte mich an ihn, während wir uns liebten. Als wir fertig waren, drehte er sich auf den Rücken und sagte:

„Elfie, das wollte ich nicht. Es war nicht richtig, nachdem wir Schluss gemacht haben.“ Während er sich hastig anzog, sprach er weiter. Die Wahrheit tröpfelte ganz langsam in mein Hirn. Stefan - Wollte - Ohne - Mich - Weggehen. Er verliess mich.

„Elfie, vor ein paar Monaten traf ich meine Exfreundin wieder. Mach jetzt bloss keine Szene, ja. Ich riskierte die Frau meines Lebens zu verpassen, wenn ich mich für die Falsche entscheide. Es war schrecklich, du kennst mich ja. Die Wahl ist sehr knapp ausgefallen, ich habe es mir wirklich nicht leicht gemacht.“

Ich kam mit den Gedanken wieder in den Gymnastikraum zurück. Ich merkte, wie ich schon eine Weile den Atem angehalten und mit den Zähnen geknirscht hatte und holte tief Luft. Ich beschloss, die Frauen zu ihren Babys zurück zu schicken. Als ich in den Flur trat, stiess ich mit Dobrowsky zusammen.

„Hallo!", rief er fröhlich. Schon fertig gehüpft für heute? Ich habe vorhin kurz zum Fenster rein geschaut. Du machtest ein derart böses Gesicht, ich kriegte Angst um die armen Mütter."

Mein Femme-fatale-Gesicht zerfiel in Scherben. Tapfer fragte ich, ob er einen Kaffee trinken komme.

„Keine Zeit, ich habe sehr viel zu tun. Tschüss, Piepmatz!" Er kniff mich in die Wange, als wäre ich fünf Jahre alt und schoss davon. Ich biss mich in die Unterlippe. Als ich aufschaute, sah ich Agnes und Egon im Flur. Etwas steif, fragte Agnes, ob ich Zeit für einen Kaffee hätte.

„Ich habe sehr viel zu tun!", rief ich und lief weiter. Ich schloss mich in der nächsten Toilette ein bis meine Pause vorbei und meine Tränen versiegt waren.

Kapitel 7

Bei Elfie und Egon zu Hause ging es recht turbulent zu und her. Elfies Stimmungen waren wie eine Achterbahnfahrt. Am Abend zuvor hatte Egon den klebrigen Küchenboden schrubben müssen. Nicole war zu einer Pyjamaparty bei den Nachbarskindern eingeladen. Die gemütliche, unordentliche Wohnung sollte jetzt auf einmal sauber gemacht werden. Agnes nahm Elfie den Staubsauger aus der Hand, als sie in ihr Zimmer kam.

„Ich will von jetzt an alles richtig machen in dieser Schwangerschaft, verstehst du?“, sagte Elfie. Ihre Stimme klang gedämpft, weil sie unter das Bett gekrochen war, um eine staubige Socke aufzulesen. Plötzlich schrie sie auf. Agnes bekam ein furchtbar schlechtes Gewissen, als Elfie mit Schwester Rosas Hutschachtel hervorkroch.

„Du hast dich immer noch nicht darum gekümmert?“ Vorwurfsvoll nahm Elfie den Deckel ab und hielt Agnes die offene Schachtel vors Gesicht.

„Ich konnte die Mutter Oberin nicht erreichen“, sagte Agnes kleinlaut. In diesem Moment betrat Egon mit einem Putzlappen und einem Eimer das Zimmer. Er schaute in die Schachtel, dann zu Elfie, dann zu Agnes.

„Komplizierte Geschichte“, murmelte Agnes.

In der Hutschachtel befand sich ein Schrumpfkopf. Vom Voodoo Priester schön präpariert. Mumifiziert und geruchsneutral lag der Kopf vom Klinikdirektor des Missionskrankenhauses in Haiti. Das eklige Ding hatte Schwester Rosa mitgebracht, damit er ordentlich bestattet werden konnte. Der Voodoo Priester hatte nur den Körper herausgerückt. Den Kopf musste Schwester Rosa stehlen. Egon versprach, die Schachtel in der Garage seiner ehemaligen WG zu lagern, bis ihnen eine andere Lösung einfiel.

„Nicht, dass Nicole noch anfängt damit zu spielen. Ihre Zeichnungen sehen jetzt schon aus wie Schrumpfköpfe mit Füssen“, sagte Elfie.

Irgendwann würde Agnes Frau S. erzählen, was in Haiti geschehen war. Aber alles der Reihe nach. Vorher musste sie ihr noch beibringen, was mit Dobrowsky passiert war. Agnes war froh, dass die Psychiaterin ihr Pokerface wieder abgelegt hatte. Am Freitag war sie noch sehr aufgekratzt gewesen, als würde sie etwas aushecken. Agnes fragte sich, was sie am Wochenende getrieben hatte. Im Moment sah die Psychiaterin ziemlich fertig aus. Sie beschloss, die Nerven der armen Frau zu schonen und erzählte wieder als Agnes, wie es im Krankenhaus weiter gegangen war.

***

Operationen waren längst nicht so spannend, wie ich vor meinem Stellenantritt geglaubt hatte. Koller war chronisch gereizt wie das Magengeschwür eines Fahrlehrers. Egon und ich wurden dauernd zusammengestaucht, auch Lindemann bekam sein Fett ab. Ausserdem war ich einiges kleiner als die drei Männer und musste auf einem Schemel stehen, was aber meine Arme auch nicht verlängerte. Meine Aufgabe war es, mit zwei grossen Haken die Haut, das Fett und den Darm vom Operationsfeld fernzuhalten. Bei der Operation von heute Morgen gab es reichlich von allem. Nach zehn Minuten hatte ich kein Gefühl mehr in meinen Armen. Nach und nach lockerte ich wieder den Griff. Es schien zunächst niemandem aufzufallen.

„Saugen!“, sagte Koller. Egon bewegte abwesend den Saugschlauch im Operationsfeld hin und her. Koller wurde zunehmend gereizter. Überall quoll das Gedärm hervor. Koller dehnte seinen schmerzenden Rücken, gleich würde er explodieren.

„Sie müssen dort saugen, wo ich schneiden will!“, tobte er.

Egon hatte keine Ahnung, wo Koller schneiden wollte. Lindemann riss ihm den Sauger aus der Hand. Der Schlauch saugte sich mit einem schlürfenden Geräusch an der Darmwand fest.

„Nein!“, rief Koller verzweifelt. „Sie müssen die Blutstillung machen, Herr Lindemann. Der Assistent soll saugen!“ Lindemann drückte Egon eilig wieder den Sauger in die Hand.

„Herr Lindemann, Sie arbeiten doch gerne hier, oder?“, fragte Koller nachdem er eine Weile vor sich hin geflucht hatte.

„Äh, ja, natürlich“, sagte Lindemann unsicher.

„Warum tun Sie es dann nicht?“, giftete Koller.

„Du musst nicht die Krusten wegsaugen!“, fauchte Lindemann Egon an.

„Du musst die Operationshaken richtig halten!“, schnauzte mich mein Bruder an. Ich verdrehte die Augen und zog scheinbar stärker an den Instrumenten. Wir waren nicht das Dreamteam, aber das einzige Team, das Chef Koller kriegen konnte.

„Schneiden!“, knurrte Koller. Ich wollte meinem träumenden Bruder einen Fusstritt geben, erwischte aber Lindemanns Schienbein. Er quiekte gedämpft. Egon schnitt endlich die Fäden ab. Mir rutschten die Haken aus der Hand. Ein Stück Darm quoll hervor.

Die Haken waren ein Job für das Omega am Tisch. Ich bildete das Schlusslicht dicht hinter der Gehaltsklasse von Egon mit dem Sauger. Ich hängte mich wieder an die Haken und überlegte, ob ich in Ohnmacht fallen sollte. Egon gähnte hinter seiner Maske. In der Zwischenzeit war es Koller gelungen, die Gebärmutter abzusetzen. Sie sah aus wie eine knollige Kartoffel. Ein gewaltiges Organ, wie alles an Frau Hoffmann. Ich wünschte die Frau inzwischen auf den Mond und biss auf die Zähne. Koller führte gerade eine spezielle Nahttechnik durch, wie er Lindemann erklärte. Offenbar wusste dieser arrogante Streber doch nicht alles.

„Schneiden!“, sagte Koller. Mein Bruder schreckte auf, machte mit seiner Schere unerwartet energisch „Schnipp-schnapp!“ und schnitt den von Koller so mühsam geknüpften Knoten wieder ab, bevor Koller „Nicht so kurz!“, schreien konnte. Die ganze kunstvolle Naht ging wieder auf. Egon murmelte undeutlich „Tschuldigung“.

Lindemanns Magen knurrte.

„Herr Lindemann, tun Sie wenigstens so, als würden Sie mir helfen“, knurrte Koller zurück.

Irgendwann setzte Koller die letzte Naht im Bauch, streckte sich und sagte:

„Schön! Sieht jetzt aus wie ein Mann.“

Der Narkosearzt schaute über den Vorhang und fragte ob er den Tisch wieder gerade stellen könne. „Sie ist schon dunkelblau angelaufen“, sagte er.

Koller hielt seinen blutverschmierten Daumen hoch. Mit einem Knopfdruck wurde der Operationstisch wieder in die Horizontale gebracht. Der Narkosearzt hob eine Zeitschrift in die Luft und sagte zu Koller:

„Ich habe gerade gelesen, dass es in Japan Wein in Pulverform gibt." Sie plauderten weiter über Weinsorten. Gutgelaunt schloss Koller die Bauchdecken Frau Hoffmanns.

„Frau Hoffmann, es ist vorbei, es ist alles gutgegangen", rief jemand der Patientin ins Ohr.

Der Rest des Tages verlief ereignislos. Ich hatte Nachtdienst. und half Schwester Rosa im Gebärsaal aufzuräumen. Es sah nicht so aus, als würde noch etwas Aufregendes passieren in dieser Nacht. Ich schlenderte in den Aufenthaltsraum, um mir einen Snack aus dem Automaten zu holen. Obwohl es mitten in der Nacht war, sassen zwei junge Männer vor dem Fernseher und schauten sich ein Fussballspiel an. Wahrscheinlich Patienten, die nicht schlafen konnten.

An diese Nachtdienste gewöhnte ich mich einfach nicht. Ich brauchte meinen Schlaf. Und wenn das so weiterging, würde ich bald neue Hosen brauchen. Wenn ich nicht schlafen konnte, bekam ich Hunger.

Die von Schwester Rosa versprochene Traumgeburt liess auf sich warten. Die paar, die ich bisher miterlebt hatte, waren schlichtweg grauenvoll gewesen. Das Geschrei verfolgte mich bis in meine Träume. Aber ich hatte nicht mehr eine panische Angst, ich müsse mal ganz allein eine Geburt zu Ende bringen, wenn Schwester Rosa einer Herzattacke erlag. Viel eher würde ich tot umfallen, als diese zähe kleine Frau.

Das erinnerte mich daran, dass ich kontrollieren musste, ob ich die Pille auch korrekt eingenommen hatte. Gestern hatte ich sie vergessen, dann am Morgen doch rechtzeitig genommen. Oder nicht? Lindemann hatte eine Bemerkung gemacht wegen der Pille und dieses Antibiotikums, das ich geschluckt hatte. Diese Nachtdienste brachten mich komplett durcheinander. Ich wollte nur noch einen Schokoriegel aus dem Automaten holen, bevor ich auf mein Zimmer ging.

„Schwester, bringen Sie mir eine Cola!", rief einer der zwei Patienten, die fernsahen, als ich mich am Automaten bediente.

„Mir auch!", rief der andere.

Mit einer scharfen Antwort auf der Zunge drehte ich mich um und sah die zwei Burschen an, die sich offenbar sehr witzig fanden. Sie waren sehr jung, der eine war sogar noch ein Kind, so um die dreizehn, der andere nur ein paar Jahre älter.

„Holt es euch doch selber!", sagte ich.

„Ich habe ein gebrochenes Bein", sagte der Junge. Er zeigte auf sein Bein, das bis zum Oberschenkel in einem Gipsverband steckte.

„Ich Herz gebrochen", sagte der Ältere. Sie lachten von neuem los. Unwillkürlich musste auch ich lachen. Ich holte zwei Cola Dosen aus dem Automaten und setzte mich zu ihnen.

„Ich bin Ärztin, keine Schwester", erklärte ich.

„Entschuldigung, von hinten sahen Sie aus wie eine Schwester", sagte der Junge mit Unschuldsmiene. „Aber von vorne ..." Er legte den Kopf schräg und musterte frech meinen Busen.

Flirtete der Kleine mit mir? Ich musste wieder lachen. Der Ältere stellte den Fernseher stumm. Sie sahen süss aus. Der Jüngere mit einem blonden, der andere mit einem dunklen Lockenkopf, strahlten mich an.

„Kemal", stellte sich der Dunkelhaarige vor. „Und das ist Martin."

„Agnes." Wir schüttelten Hände und mussten über diese sehr erwachsene Geste kichern.

„Was macht ihr denn um diese Zeit noch hier?", fragte ich.

„Ich kann nicht schlafen und mir ist soo langweilig", sagte der Kleine schmollend. „Mitten in der Fussballsaison musste mir das hier passieren." Er zeigte auf sein Gipsbein.

„Und du?", fragte ich den anderen.

„Ich habe Fussball geschaut. Vorher jemand besucht", sagte er und wirkte auf einmal sehr unsicher.

„Seine Frau!", erklärte Martin und lachte wieder.

„Nein, nein, nicht wirklich. Nicht Frau." Kemal schüttelte energisch den Kopf und sackte dann in sich zusammen. „Ich arbeite hier. Postbote!", fügte er hinzu, als wäre ihm dieser Grund erst jetzt eingefallen.

„Was macht ein Postbote morgens um zwei hier?", fragte ich.

Martin schmunzelte. „Jaaa, das ist die Frage", sagte er geheimnisvoll. Kemal sah unglücklich aus. Ich beschloss, das Thema zu wechseln.

„Möchtest du Profifussballer werden?", fragte ich Martin.

„Ich werde Chirurg werden und Profifussballer", sagte er mit einer Selbstsicherheit, die ich wahrscheinlich nicht mal in fünfzig Jahren entwickeln würde. Kemal boxte ihm freundschaftlich in den Arm. Dann ging er zum Automaten und kam mit ein paar Chips- und Erdnusspäckchen zurück. Ich teilte meinen Schokoriegel in drei Teile. Wir fielen über die Esswaren her. Martin erzählte, wie er bei strömendem Regen Fussball gespielt hatte und auf dem schlammigen Boden ausgerutscht war. Dabei hatte er sich die Kniebänder gerissen.

„Ich bin ein pischmisch tavuk", sagte Martin. Die beiden lachten. Offenbar war das ein interner Witz zwischen den beiden.

„Das bedeutet gekochtes Huhn", erklärte mir Martin. „Mir sind schlimmere Sachen zugestossen als einem gekochten Huhn." Er sei schon zwei Wochen hier und entwische regelmässig der Nachtschwester, erzählte er, während er sich Kartoffelchips, Erdnüsschen und Schokolade in den Mund schaufelte.

„So habe ich meinen Kumpel Kemal kennen gelernt. Er ist auch auf der Flucht. Vor seiner Frau und vor der Polizei", erklärte Martin mit vollem Mund.

„Nein, nein", sagte Kemal unbehaglich. In diesem Moment kam eine Nachtschwester herein und begann mit Martin zu schimpfen. Uns warf sie vernichtende Blicke zu.

„So, junger Mann, jetzt geht es aber sofort ins Bett", sagte sie, während sie resolut seinen Rollstuhl hinausschob.

„Aber immer doch Schwester!", sagte Martin anzüglich und zwinkerte mir zum Abschied zu. Trotz der frechen Sprüche sah er wie ein unglückliches Kind aus. Kemal bot mir die letzten Reste der Nüsschen an, die Martin übersehen hatte. Ich wollte nicht aufdringlich sein, aber war doch neugierig geworden. Ich versuchte, meine Frage möglichst beiläufig klingen zu lassen.

„Du hast also eine Frau?“ Wieder schlich sich Panik in Kemals Augen.

„Ja, ...“ Er zuckte mit den Schultern. Vielleicht war die arme Frau todkrank, so verstört wie Kemal reagierte. „Wie heisst sie denn?“, fragte ich. Er zögerte. „Berta“, sagte er dann.

„Berta?“ Ich musste derart lachen, dass ich mich an den Erdnüsschen verschluckte. Kemal klopfte mir auf den Rücken. Wer hiess denn heutzutage noch Berta? „Entschuldige, aber ich hatte mit Aysche oder so was gerechnet. Aber nicht Berta. Das letzte Mal, als ich den Namen hörte, war es bei einer Patientin, Jahrgang Achtzehnhundertirgendwas.“ Ich musste wieder lachen.

„Ja“, sagte Kemal niedergeschlagen. „Muss gehen. Gute Nacht.“ Verdutzt schaute ich ihm nach und ging dann auf mein Zimmer, um ein wenig Schlaf zu bekommen.

Kapitel 8

Egon brachte frischen Nachschub an Haschischkeksen. Er hatte Schwester Rosas Hutschachtel mit dem Schrumpfkopf in der Garage seiner alten WG deponiert. Sein Kumpel Theo war gerade am Backen gewesen. Die Kekse waren immer noch warm und dufteten verlockend, als er sie zu Hause auspackte. Agnes hatte schon die halbe Schachtel vertilgt, als sie sich an ihren Termin erinnerte. Sie rannte los und sass pünktlich Frau S. gegenüber.

„Erinnern Sie sich, dass Dobrowsky und Marion ihre T-Shirts vertauscht hatten?“, fragte sie ihre Psychiaterin fröhlich. „Dobrowsky erzählt an dieser Stelle weiter.“

***

Koller brauchte ein paar Sekunden, um YKSWORBOD auf Marions T-Shirt richtig zu interpretieren. Ich sah, wie es in seinem Kopf arbeitete. Koller kombinierte und kam zum richtigen Schluss. Mich beachtete er nicht weiter und baute sich vor Marion auf.

„Du Schlampe!“, schrie er. „Du Hure! Du, du ...“ Schlagfertig war Koller nie gewesen. Er suchte noch nach einem weiteren Synonym, als Marion ihm eine klatschende Ohrfeige verpasste. Koller wurde, bis auf den roten Handabdruck auf seiner linken Backe, kreideweiss im Gesicht. Ich grinste breit. In diesem Moment klebte sie mir auch eine.

Marion reichte auf der Stelle ihre Kündigung ein und ging ohne Abschied. Der Chefarzt, der von unserem Schlagabtausch erfahren hatte, entliess Koller fristlos. Er war ein altmodischer Mann, duldete keine Ärzte an seiner Klinik, die Frauen beschimpften. Mich liess er in sein Büro kommen.

„Dobrowsky“, sagte der Chef. „Haben Sie sich schon mal überlegt, warum ich Sie bisher nicht befördert habe?“ Ich hielt den Mund. Mir war klar, dass die Frage rhetorisch gemeint war.

„Ich kenne Ihre Rücksichtslosigkeit und ich mag Sie nicht“, sagte er. Ich wartete.

„Mir fehlen gleichzeitig zwei Kaderärzte. Ich kann es mir nicht leisten, Sie auch noch zum Teufel zu jagen. Was ich am liebsten tun würde. Sie sind nun der dienstälteste Assistenzarzt. Ich befördere Sie zum Oberarzt. Schaffen Sie jetzt Ihren Hintern aus meinem Büro.“

Das war der Beginn meiner Karriere. Niemand sagt, das Leben sei fair.

***

Die Geschichte entlockte Frau S. ein Schmunzeln. Sie fragte Agnes dann noch ein wenig über ihre Tochter Nicole aus. Agnes war klar, dass sie versuchte heraus zu finden, wer Nicoles Vater war. Sie zeigte ihr eine Zeichnung ihrer Tochter, die sie stolz in ihrer Tasche trug. Frau S. lächelte, wie Agnes schien, leicht wehmütig, als sie die bunten Kopffüssler betrachtete. Agnes fiel ein, wie Elfie die Bilder „Schrumpfköpfe mit Füssen“ genannt hatte. Immer noch enthemmt dank Theos Haschischkeksen, erzählte Agnes Frau S. von Schwester Rosas Hutschachtel.

Das Lächeln der Psychiaterin verschwand. Agnes konnte die Situation retten, indem sie behauptete, der Kopf in der Schachtel sei aus einem Souvenirshop in Haiti gewesen. Frau S. schaute sie noch eine Weile misstrauisch an, schüttelte dann den Kopf, als wollte sie sich selbst zu Vernunft rufen.

Agnes fragte, ob sie als Chefarzt Koller weiter erzählen solle. Frau S. sagte ernst:

„Bitte sehr, Herr Doktor Koller! Was führt Sie zu mir?“ Agnes fragte sich, ob sie sich langsam um Frau S`. Verstand Sorgen machen sollte.

***

Sobald ich die Türe zu meinem Büro hinter mir zumachte, roch ich es. Der süssliche Duft klebte in der Luft. Er setzte sich in alle Ecken und Nischen meines Heiligtums fest.

„Fräulein Sarah!“, rief ich. „Wonach riecht es hier?“ Sie schnüffelte mit geblähten Nüstern.

„Egoïste“, sagte sie dann.

„Ich weiss, dass es nach Dobrowskys Rasierwasser stinkt“, sagte ich ungeduldig. „Ich will wissen warum.“

„Herr Doktor Dobrowsky kam zu einem Kaffee vorbei. Sie waren noch nicht hier.“

Ich setzte mich und wedelte Fräulein Sarah mit der Hand hinaus. Ich öffnete die Fenster, um Dobrowskys Geruch los zu werden. Es war ein sonniger Tag. Ich entspannte mich. Die Verwaltungsratssitzung hatte ich Lindemann angedreht. Er passte zu den anderen Langweilern.

Ich setzte mich in meinen Sessel, faltete die Hände und schaute hinaus. Dobrowskys Kopf huschte am Fenster vorbei. Schweisstropfen auf den englischen Rasen spritzend, drehte er seine Runden und tauchte alle fünf Minuten vor meinem Fenster auf. Ich stand auf, schloss das Fenster, zog die Vorhänge zu und schaltete das Licht an. Auf einmal fühlte sich mein Büro ungemütlich an, so als würde ein Mordopfer mit verrenkten Gliedern auf dem Teppich liegen. Die Vorstellung war stark, ich konnte den Teppich fast um Hilfe rufen hören. Jedenfalls stimmte etwas ganz und gar nicht mehr mit meinem Büro.

Als ich am Abend nach der Visite zurückkam, grüsste mich Dobrowsky fröhlich. Dann verschwand er durch die Türe gegenüber. Die Türe schlug hinter ihm zu und ich starrte auf ein grosses Messingschild mit Dobrowskys Namen darauf.

***

Die Psychiaterin wusste immer noch nicht, warum sich alles in Agnes sträubte, nochmals in das Krankenhaus in Blumenthal zurückzukehren. Sie ermutigte Agnes, zu diesem Vorstellungsgespräch zu gehen. Eigentlich musste sich Agnes Koller gar nicht mehr vorstellen. Das Problem war eher, dass er sie nur zu gut kannte. Frau S. wollte wissen, ob Agnes Dobrowskys wegen nicht wieder nach Blumenthal wolle. Agnes sagte, Dobrowsky wäre nicht mehr dort. Sie bohrte weiter, ob sie zu jener Zeit mit niemandem ausser mit Dobrowsky zusammen gewesen sei. Agnes räumte ein, dass sie ihr vielleicht mehr über den Oberarzt Alois Lindemann erzählen sollte.

„Ich nehme an, Alois Lindemann wird es sich nicht nehmen lassen, selber zu berichten“, sagte Frau S. Agnes nickte lahm.

***

Ich nahm ein Bier aus dem Kühlschrank und setzte mich damit auf den Boden. Meine Wohnung sieht nach einem halben Jahr immer noch aus wie am Tag meines Umzugs. Ich schlafe auf der Matratze, die im grösseren Zimmer auf dem Boden liegt. Im Badezimmer hängen meine Socken und Unterhosen an einer Wäscheleine. Der Waschtag ist immer dann, wenn ich Dienst habe, aber das ist kein Problem, da ich im Krankenhaus keine eigenen Kleider brauche. Zu Hause laufe ich meistens in meinen ausgebeulten Trainerhosen herum. Manchmal sogar in Unterhosen. Besucher habe ich ja nie.

Mit der Bierflasche in der Hand lehnte ich mich an die Wand und nahm einen grossen Schluck. Die Kopfschmerzen, die sich von hinten in mein rechtes Auge bohrten, wurden davon nicht besser. Am liebsten hätte ich losgeheult. Nicht mal anständig betrinken konnte ich mich. Ich bekam schon nach ein paar Schluck Bier entweder eine Migräne oder eine Depression. Von der verheerenden Wirkung des Sektkonsums ganz zu schweigen. Ich kühlte meine brennenden Wangen mit der Flasche. Heute hatte sich wieder eine Demütigung an die andere gereiht. Zwanghaft liess ich mir den Tag in einer Endlosschleife durch den Kopf gehen. Das ist mein Fluch mit dem Alkohol.

Dobrowsky hatte dank mir sein eigenes Büro im Krankenhaus bekommen. Mir war das ja vollkommen egal, Koller aber hatte einen Wutanfall bekommen, der sich gewaschen hatte. Dobrowsky und der Verwalter, der aussah, als wäre er verliebt in ihn, hatten mich reingelegt. An der Sitzung, zu der mich Koller verdonnert hatte, ging es um einen leerstehenden Raum. Nachdem ich gesagt hatte, sie sollen ihn benutzen wofür auch immer sie wollten, war die Sitzung schnell beendet. Am Abend suchte ich Koller auf. Seine Türe war sperrangelweit offen. Er bellte gerade ins Telefon, dass er niemals seine Zustimmung zu diesem Büro gegeben habe. Mich beschlich ein unangenehmes Gefühl. Irgendwann begann Koller zuzuhören anstatt zu brüllen. Sein Gesicht wurde länger und länger. Als er begriff, dass der Verantwortliche vor ihm sass, knallte er den Hörer auf die Gabel.

Ich hatte bisher nur an einer Uniklinik gearbeitet. Ich war sehr gewissenhaft (das Bier in mir schrie: „pingelig"), korrekt („hast keine eigene Meinung", sagte das Bier), fachlich interessiert („Fachidiot", höhnte es), intelligent („Pah!"). „Jedenfalls", sagte ich zur Bierflasche in meiner Hand, „wurden mir immer wieder wissenschaftliche Arbeiten zugehalten, die dann aber unter dem Namen meiner Professoren publiziert wurden. Ich bin eher der Theoretiker", erklärte ich der Bierflasche. Das hiess, bei Operationen wurde ich übergangen. Dann, eines Tages, passierte es. Ich war allein im Gebärsaal, weil alle anderen mit Notfällen beschäftigt waren.

Ich schüttelte den Kopf. Ich wollte nicht mehr daran denken. Bis jetzt nannte mich hier noch niemand la cucaracha, die Kakerlake. Der Film in meinem Kopf lief trotzdem ab.

Es war Silvesterabend. Es gab eine kleine Feier im Dienstzimmer. Am Fernsehen lief Speedy Gonzales und er sang gerade „La cucaracha". Wir stiessen mit Sekt an und sangen mit. Ich wollte kein Spielverderber sein und leerte auch einige Gläser. Dann kamen mehrere Notfälle gleichzeitig. Ich blieb allein im Gebärsaal mit einer Schwangeren, kurz vor der Entbindung, zurück. Die anderen verschwanden zu einem Notfalleingriff.

Es war keine grosse Sache. Die Frau presste und die Hebamme erledigte den Rest. Das Neugeborene schrie munter. Niemandem war aufgefallen, dass ich kaum noch stehen konnte. Ich gratulierte den Eltern, die noch ganz benommen das zappelnde Wunder auf dem Wickeltisch anschauten.

Dann, auf einmal entleerte sich ein Schwall Blut aus dem Unterleib der jungen Mutter. Sie verdrehte die Augen und war nicht mehr ansprechbar. Die Hebamme schickte den Ehemann vor die Türe und löste Alarm aus. Doch es kam niemand. Ich wusste, was getan werden musste, um die Blutung zu stoppen. Ich hatte es zwar noch nie in der Praxis gesehen, aber gelesen hatte ich davon. Die Hebamme war sehr unerfahren, zitterte vor Angst. Ich löste mich aus meiner Schockstarre. Ich zog mir Handschuhe an, die bis zum Ellbogen reichten und setzte mich zwischen die Beinstützen. Mit der einen Hand in der Vagina, mit der anderen auf dem Unterleib, begann ich mit der Massage. Die Gebärmutter konnte man auf diese Art dazu bringen, sich zusammenzuziehen, durfte aber nicht zu früh damit aufhören. Minuten vergingen, ich bekam einen Krampf in der Hand. Das Blut floss nicht mehr wie ein Sturzbach. Es war nur noch ein Rinnsal.

Endlich kamen die Anästhesisten. Sie bauten einen Vorhang vor dem Gesicht der Patientin auf und taten was Anästhesisten so tun. Intubieren, Infusionen, Bluttransfusionen. Bald war der Kreislauf stabil, die Gefahr vorbei, das Leben gerettet. Ich spürte, wie mich die Anspannung auf einmal verliess.

Ich fühlte mich, als hätte ich eine ganze Sektflasche allein geleert.

Eine ganze Kiste Sektflaschen.

Mit der linken Hand immer noch in der Vagina, stand ich auf, hob meinen rechten Arm in die Luft, vollführte einen kleinen Tanz und sang: „La cucaracha“

Dann sah ich die entsetzten Gesichter. Der Ehemann und der Chefarzt standen hinter dem Anästhesievorhang und schauten fassungslos zu.

Der Fall kam vor eine Standeskommission und wurde eine Weile als zu peinlich für den Berufsstand unter den Teppich gekehrt. Dann beschloss man, den Cucaracha-Fall aus der Uniklinik als lehrreiches Beispiel in den Weiterbildungen vorzustellen.

Danach wollte ich nur noch weg und bewarb mich bei Koller. Ich erfuhr von der Stelle in Blumenthal durch Alfred. Ich habe mir diese Oberarztstelle hart erkämpft. Niemand, der mitbekommen hatte, was in der Uniklinik vorgefallen war, hätte mich angestellt. Es war eine einmalige Gelegenheit, dass ich an einem Kongress diesem Alfred aus Blumenthal begegnete. Ein unsympathischer Mensch, der zu viel trank und mit der Oberarztstelle angab, die er in Aussicht hatte. Wir hielten uns beide mehrheitlich in der Hotelbar auf. Ich nippte stundenlang an meinem ersten Drink, während Alfred ein Glas nach dem anderen leerte.

Das Ergebnis war bei beiden gleich. Das ist der praktische Aspekt meiner Alkoholintoleranz.

Am letzten Abend verliessen wir die Bar sehr spät und gingen in unsere Zimmer. Ich sah zwei Alfreds, die gefährlich schwankten. Ich fokussierte und gab ihm einen leichten Schubs. Alfred überschlug sich mehrmals, als er die Treppe runterfiel. Er blieb unten bewusstlos und mit einem verdrehten Bein liegen.

Noch während Alfred operiert wurde, bewarb ich mich um seine Stelle als Oberarzt und wurde von Koller angestellt. Ich weiss bis jetzt nicht, ob Alfred ahnt, was ich getan habe oder auch, ob Koller von dem Cucaracha Vorfall Kenntnis hat.

Heute Abend, nach dem Telefonat mit dem Verwalter, verriet mir Koller was er von mir hielt. Die Gemeinheiten, die er mir entgegenschleuderte, fühlten sich wie eine Säureattacke auf meine Seele an, aber den Vorfall an der Uniklinik erwähnte er nicht. Wahrscheinlich weiss er wirklich nichts davon.

Kapitel 9

Elfie war entsetzt, als sie hörte, dass Agnes Frau S. vom Schrumpfkopf erzählt hatte. Sie begleitete ihre Schwägerin in die Therapiesitzung, für den Fall, dass die Psychiaterin sie in eine geschlossene Anstalt einweisen wollte. Elfie machte Agnes so lange Angst, man könnte sie für immer einsperren und ihr Nicole wegnehmen, bis sie die restlichen Haschischkekse wegwarf. Vor der Türe der Praxis wurde es Elfie übel. Agnes schickte sie nach Hause, bevor sie der Therapeutin auf die Matte kotzte.

In nächster Zeit würde sie Frau S. nur aus ihrer eigenen Sicht erzählen, was vor fünf Jahren in Blumenthal geschehen war.

***

Ich sass im leeren Untersuchungszimmer und gähnte über meinem Lehrbuch der geburtshilflichen Notfälle. Es war schon fast Mitternacht. Eigentlich war es Egons Nachtdienst. Aber mein Bruder hatte heute mal wieder einen seiner Schlafwandler Tage. Im Operationssaal waren ihm ein ganzes Set Instrumente aus den Händen gefallen, als Lindemann eine Gebärmutter auskratzen wollte. Lindemann hatte vorher schon ausgesehen, als wäre er selber mit einem dieser scharfen Löffel ausgekratzt worden. Er jagte Egon davon. Mein Bruder verschwand dann tatsächlich. Er tauchte auch am Abend nicht auf, obwohl er Dienst hatte. Entweder hatte er sich das Leben genommen, oder er war bei guter Gesundheit und Lindemann würde ihn umbringen, sobald er wieder aufkreuzte. Ich wusste nicht, worüber ich mir mehr Sorgen machen sollte. Da meldete sich mein unsäglicher Bruder aus Zürich. Offensichtlich nicht mehr ganz nüchtern, wollte er wissen, ob es auffallen würde, wenn er noch etwas länger bei seiner Band bliebe. Ich sagte ihm, was ich davon hielt und rannte hysterisch zu Alfred. Ich bat ihn, Lindemann zu erzählen, er habe mit Egon den Dienst getauscht. Alfred verlangte von Egon, dass er ihm dafür drei Dienste abnehmen müsse. Egon lallte fröhlich: „Klar doch! Biss ein echter Kumpel!"

Von mir verlangte Alfred, dass ich für ihn die Stellung halte. Er schärfte mir ein, dass er nicht wegen jeder Banalität gestört werden wolle und legte sich früh schlafen. Eine Banalität war jeder Notfall mit noch erkennbaren Lebenszeichen.

Ich blätterte unruhig in meinem Lehrbuch. Es war voll mit hässlichen Bildern. Alle paar Seiten mahnte es: „Erwarte dies!", und „Erwarte das!". Dann kam die Zeichnung einer wie von einer Granate zerfetzten Gebärmutter oder sonst ein blutrünstiges Bild. Ich stand auf und ging zum dritten Mal in den Gebärsaal nachschauen, ob nicht eine Katastrophe drohte. Doch der Gebärsaal war leer bis auf Schwester Rosa, die einen Pullover strickte. Sie sah aus wie eine nette Grossmutter. Ich bezweifelte, dass sie irgendeiner dieser Situationen gewachsen wäre.

„Nichts angemeldet, Schwester Rosa?", fragte ich zum wiederholten Mal an diesem Abend. Schwester Rosa schüttelte fröhlich ihren Kopf und bot mir einen Kräutertee an.

„Möchtest du nicht bald schlafen gehen, Schätzchen? Wenn was ist, rufe ich dich und dann machen wir zusammen eine schöne Geburt", sagte sie. Ich mochte Schwester Rosa gut leiden, zweifelte aber in diesem Moment an ihrem Urteilsvermögen. „Eine schöne Geburt?" Wo hatte sie das denn her? Nach allem was ich vorher gelesen hatte, musste die Arme ein paar Schrauben locker haben. Wahrscheinlich war ihr Wissen über Geburtshilfe veraltet. Ich glaubte nicht, dass ich Schwester Rosa allein lassen konnte. Ich lauschte dem Klappern ihrer Stricknadeln und trank meinen Tee. Schwester Rosa zählte konzentriert die Maschen.

„Was machen wir, wenn eine vorzeitige Plazentalösung kommt?", fragte ich.

„Ja, dann müssen wir zwei ans Messer. Machen einen Kaiserschnitt und holen das Baby heraus", kicherte Schwester Rosa. Ich lachte auch. Wenn ich jetzt blitzartig einen Kaiserschnitt machen müsste, hätte ich die irre Oma als Assistenz.

„Ich gehe mal schauen, ob auf den Abteilungen was los ist", sagte ich. Schwester Rosa winkte mit ihrem Wollknäuel.

Zu dieser Nachtzeit waren die Gänge menschenleer. Die Patientinnen schliefen, sogar im Säuglingszimmer war es ruhig. Ich wollte einen Blick reinwerfen, aber die Türe war verschlossen. Es war der Albtraum jeder Schwester, dass ein Säugling geklaut würde. Darum wurden sie nachts hinter Schloss und Riegel gehalten. Die Türe des Stationszimmers war auch zu. Das war ungewöhnlich. Die Nachtschwester liess sie sonst offen, damit sie den Flur im Auge behalten konnte. Ich klopfte und glaubte Geräusche von drinnen zu hören. Etwas später kam die Nachtschwester heraus und schloss die Türe rasch wieder hinter sich. Wahrscheinlich hatte sie ihren Freund bei sich. Das war harmlos genug, was konnte man schon im Stationszimmer anstellen. Nur dass die junge Schwester so aussah, als wäre „Ich hatte gerade Sex“ in Leuchtschrift auf ihre Stirn geschrieben.

„Ist alles ruhig?“, fragte ich verlegen. Sie entspannte sich, weil sie offenbar annahm, ich hätte nichts geahnt. „Jaa, und bei dir?“, schnurrte sie.

„Halb so wild“, sagte ich missmutig und trollte mich weg, um schlafen zu gehen. Schwester Rosa würde für ein paar Minuten ohne mich klar kommen müssen, sie hatte ja meine Telefonnummer.

Als ich schon fast die Treppen zu den Dienstzimmern erreicht hatte, ertönten vom Ende des Flurs aufgeregte Stimmen. Eine Frau krümmte sich am Boden. Ihr Bauch war gross wie ein gewaltiger Ballon. Zwei ältere Begleiterinnen versuchten sie aufzurichten, behinderten sich gegenseitig und zeterten in einer Fremdsprache. Es hörte sich an wie „Halla, halla, halla!“. Die junge Frau bäumte sich plötzlich auf. Sie war sehr gross gewachsen und trat um sich wie ein Maultier. Sie kickte die beiden weg und schrie aus voller Kehle. Dann kam unser Nachtportier dazu. Der arme Mann hatte nur noch wenige Monate bis er in Rente ging und gönnte sich gerne mal das eine oder das andere Gläschen. Der ganzen Aufregung war er nicht gewachsen. Mit dunkelrotem Kopf und nach Atem schnappend lief er um die Frauen herum.

Die Nachtschwester und ich erreichten das Grüppchen fast gleichzeitig. Der Portier nahm Reissaus. Er überliess es uns, die Schwangere in den

Gebärsaal zu bringen. Schwester Rosa lagerte die Frau auf dem Gebärbett und übergab die zwei alten Tanten der Obhut der Krankenschwester.

Schwester Rosa machte ihre Untersuchungen. Ich schaute wie gelähmt zu, wie die winzige Hebamme bis zum Ellbogen in der Frau verschwand.

„Steisslage, ruf doch Herrn Doktor Lindemann an“, stiess sie hervor. Eine Steisslage! Das verhiess nichts Gutes. War das nicht wieder so ein Fall, bei dem man schnell, sehr schnell handeln musste? Noch völlig benommen vom ganzen Geschrei, stolperte ich zum nächsten Telefon. An der Wand hingen alle Notfallnummern. Zittrig wählte ich Lindemanns Anschluss. Schon nach dem ersten Ton meldete er sich, als hätte er die ganze Nacht auf einen Anruf gewartet.

„Es ist eine Steissgeburt. Schwester Rosa sagte, ich soll ...“, stammelte ich in den Hörer. Doch Lindemann hatte schon aufgehängt. Ich rannte hinaus, um mein Lehrbuch zu holen. Ich wusste nicht, wie lange Lindemann brauchte und wollte vorbereitet sein. Im Flur stiess ich mit Dobrowsky zusammen.

„Was ist denn das für ein Geschrei?“, fragte er.

„Ein Notfall!“, keuchte ich. „Eine Steissgeburt ... Doktor Lindemann ist noch nicht da ...“

„Na, das haben wir gleich!“, sagte Dobrowsky und verschwand lachend im Gebärsaal. Unsicher folgte ich ihm.

Schwester Rosa blickte überrascht auf, als wir hereinstürmten. Sie zeigte keinerlei Panik und vom Kind war auch noch keine Spur zu sehen.

„Bemühen Sie sich nicht Herr Doktor, dem Kind geht es gut und Doktor Lindemann wird jeden

Moment hier sein", sagte sie. Unbeirrt zog Dobrowsky sterile Handschuhe und einen Mantel an.

„Wenn ich schon hier bin, kann ich auch Hand anlegen", sagte er. Schwester Rosa trat unglücklich beiseite. In diesem Moment stand Lindemann in der Türe.

„Ach, da sind Sie ja!", lachte Dobrowsky. „Die junge Kollegin da", er zeigte mit einer Kopfbewegung auf mich, „war sehr besorgt, Sie würden es nicht rechtzeitig schaffen, also bin ich eingesprungen." Dieser Mistkerl liess es so aussehen, als hätte ich ihn gerufen. Unter Lindemanns hasserfüllten Blick schrumpfte ich zusammen. Mit versteinerter Miene begann er einen sterilen Mantel zu suchen. Er fand keinen, da Dobrowsky den letzten gerade angezogen hatte. Er rannte in den Flur hinaus. Umgehend kam er frustriert wieder herein und fragte Schwester Rosa, wo die verdammten Mäntel seien.

„Uiyyyy, uiyyyy, ayy, ayyy, ayyy!", rief die Frau.

Dobrowsky brüllte: „Luft holen! Nicht atmen" Pressen! Pressen! Pressen!"

Die Frau holte Luft und brüllte Dobrowsky etwas entgegen, was wahrscheinlich „Du verdammter Hurensohn, behalte deine Griffel bei dir", hiess. Inzwischen hatte Lindemann seine Mantelsuche aufgegeben und drängte sich in seinen Strassenkleidern und ohne Handschuhe zum Gebärbett.

„Kurva!", schrie die Frau und presste. Dobrowsky schaffte es gerade noch, das entgegenspringende Baby aufzufangen. Rasch nabelte er es ab und drückte das glitschige Neugeborene Lindemann in die Hand.

„So einfach kann es gehen. Kein Grund deswegen die ganze Nacht das Telefon anzustarren“, erklärte er Lindemann, der wie angewurzelt da stand. Das Baby mochte offenbar keine halben Sachen, zielte auf Lindemanns Brust und pinkelte.

„Ein Junge!“, schrie die Mutter stolz.

Lindemann sah aus, als wollte er das Kind von sich schleudern. Schwester Rosa brachte es rasch in Sicherheit. Dobrowsky verabschiedete sich und ging ein Liedchen summend hinaus. An der Türe drehte er sich um und sagte zu Lindemann:

„Die Plazenta können Sie, falls nötig, nach der Cucaracha Methode entfernen.“ Er zwinkerte Lindemann zu. Lindemann machte ein japsendes Geräusch. Irgendetwas sagte mir, dass ich diese Cucaracha Methode in keinem Lehrbuch finden würde.

Ich fragte mich, warum Dobrowsky mitten in der Nacht im Krankenhaus gewesen war. Dann dämmerte es mir. Der geheimnisvolle Besuch der Nachtschwester! Ach, so! Warum hatte ich ihm bloss den fetten Hals nicht zugedrückt, als ich die Gelegenheit dazu gehabt hatte?

***

Agnes weicht immer aus, wenn ich sie nach ihren Männerbeziehungen frage. Ich weiss, dass sie eine vierjährige Tochter hat. Sie hat angedeutet, dass sie damals die Pille manchmal vergessen und wegen ihrer Blasenentzündung gleichzeitig ein Antibiotikum eingenommen hatte. Sie hat nie erzählt, wer der Vater ist. Immer nur, dass sie von Anfang an allein erziehend gewesen sei. Trotzdem müsste es irgendwo einen Vater geben. Ich fragte sie, ob sie Nicoles Vater nicht zwingen könne, Alimente zu zahlen. Sie schaute mich an, als hätte ich etwas Wesentliches nicht kapiert. Dann lachte sie nervös und sagte: „Nein, das wird nicht möglich sein." Danach wollte sie nicht mehr über dieses Thema reden.

Ich war neunzehn, als ich Gerald kennen lernte. Bis heute hatte ich nie was mit einem anderen Mann gehabt. Vergeudete Jahre, dachte ich bitter. Am Anfang unserer Beziehung verhüteten Gerald und ich. Bevor wir heirateten, erzählte er mir, er könne keine Kinder zeugen. Ich erinnere mich nicht einmal mehr, ob ich enttäuscht war. Ich war zu sehr damit beschäftigt, Gerald in die Arme zu nehmen und zu trösten. Kinder waren mir egal. Ich wollte Gerald. Als ich kurz darauf an seinen Hoden zwei winzige Narben entdeckte, tat er zuerst ahnungslos. Beinahe hätte ich es ihm abgekauft. Aber ich machte gerade ein Praktikum in der Urologie, wo täglich Vasektomien durchgeführt wurden. Ich liess nicht locker, bis Gerald zugab, er habe sich unterbinden lassen. Gerald erzählte, seine Exfreundin habe ihn mit einer Schwangerschaft erpresst, dann aber doch abgetrieben. Das sei für ihn so traumatisierend gewesen, dass er sich habe unterbinden lassen. Ich war schockiert. Die Lüge sass wie ein Eisklumpen in meiner Brust. Geralds gequälten Anblick konnte ich aber noch weniger ertragen. Ich sagte, es sei in Ordnung und wir sprachen nie mehr darüber.

***

Agnes erzählte weiter:

Unglücklich machte ich mich am nächsten Morgen zu Lindemann auf. Eine meiner Aufgaben war, dem Oberarzt in der Sprechstunde zur Hand zu gehen. Pünktlich klopfte ich an seine Türe und trat ein.

„Die erste Patientin heisst Frau Garcia", nuschelte er statt einer Begrüssung.

Ich holte die Patientin herein. Lindemann stellte sich ihr mit Leichenbittermiene vor. Frau Garcia machte ein ähnliches Gesicht. Mit einem starken Akzent sagte sie, sie sei schwanger. Ich schielte auf ihr Geburtsdatum in der Krankengeschichte. Sie war fünfundvierzig und sah keinen Tag jünger aus. Lindemann schaute sie hilflos an, unsicher, ob er ihr gratulieren oder eine Abtreibung vorschlagen sollte. Frau Garcias Deutschkenntnisse erschöpften sich mit dem Wort „schwanger". Ich bot an, die portugiesische Putzfrau vom dritten Stock zu holen.

„Wünscht sie eine Abtreibung?", fragte Lindemann die Übersetzerin.

„No, no, Senhor!", sagte diese bestürzt. Es war nicht klar, wessen Wunsch das genau war. Lindemann bat die Putzfrau, die Patientin zu fragen. Die beiden Frauen diskutierten eine Weile heftig miteinander.

„Interruptio si oder no?", fragte Lindemann irgendwann ungeduldig.

„No, keine Abtreibung!", erklärte die Putzfrau entschieden. „Wenn sie nicht muss sterben, will sie Kind!"

Lindemann war nicht restlos überzeugt. Er wollte mehr über ihre früheren Schwangerschaften erfahren. Frau Garcia erzählte. Die Putzfrau schlug immer wieder mit weit aufgerissenen Augen ihre

Hände auf den Mund. Lindemann schaute auf seine Uhr, und unterbrach sie.

„Sie nicht kann sagen, Doktor, sie war krank. Sie fast gestorben“, sagte die Übersetzerin vorwurfsvoll. Lindemann drängte sie dankend zur Türe und bat Frau Garcia zum Untersuchungsstuhl. Plötzlich erinnerte er sich seines Lehrauftrags und erklärte mir:

„Erst mache ich einen Ultraschall. Vielleicht ist der Embryo schon abgestorben, dann wäre das Problem gelöst. Nichts Ungewöhnliches bei alten Müttern.“ Stolz, mir etwas beigebracht zu haben, drückte er etwas zu heftig auf den Behälter mit dem Ultraschallgel. Der kalte Inhalt ergoss sich über Frau Garcias Bauch.

„Vielleicht ist sie ja gar nicht schwanger, sondern in der Menopause“, überlegte ich halblaut. Lindemanns Ohren liefen rot an. Er atmete erleichtert auf, als sich zeigte, dass sie tatsächlich schwanger war. Aber der Embryo machte ihm nicht den Gefallen, tot umzufallen.

Nach zwei weiteren Patientinnen kam eine junge Frau mit einer Blasenentzündung in die Sprechstunde. Sofort hatte sie mein volles Mitgefühl. Lindemann verschrieb ihr ein Antibiotikum, das sie eine Woche lang nehmen müsse. Ich sah meine Chance, ihn mit meinen Fachkenntnissen zu beeindrucken.

„Könnte man nicht das neue Antibiotikum Tridon verschreiben?“, fragte ich, sobald die Patientin wieder draussen war.

Lindemann runzelte die Stirn. „Tridon ist noch nicht zugelassen“, sagte er. „Es ist immer noch in der Testphase. In einzelnen Fällen sind nachteilige

Wirkungen auf das zentrale Nervensystem beschrieben worden. Auch wenn es zugelassen wäre, würde ich es nicht einer jungen Frau geben."

„Warum?", fragte ich beunruhigt.

„Sie könnte schwanger sein. Oder die Pille nehmen."

Verdammte Scheisse! Was erzählte er denn da? Ich wollte schon herausplatzen, dass Dobrowsky das Medikament schon einsetzte. Und zwar bei mir persönlich! Aber wahrscheinlich würde er dann erraten, warum dieser sich um meine Blase kümmerte. Ich klappte den Mund wieder zu. Ich wollte noch fragen, was er wegen der Pille und der Antibiotika gemeint hatte, aber er war schon die nächste Patientin holen gegangen. Er hielt die Türe für eine alte Dame auf. Sie wog höchstens 40 Kilo und würde im Wettbewerb der kleinsten alten Damen der Welt Schwester Rosa den Rang ablaufen. Mit ihrem Spazierstock trippelte sie herein. Sie setzte sich an den vordersten Rand des Stuhls, erreichte aber mit den Füssen trotzdem nicht den Boden. Sie strich ihr schwarzes Kleid glatt, rückte ihr Hütchen mit dem kleinen koketten Schleier zurecht, zupfte an den eleganten weissen Handschuhen und begann ihre Beschwerden vorzutragen. Nur die grelle Plastiktüte, die sie in der Hand hielt, machte den stilvollen Gesamteindruck zunichte.

Sie hatte so ziemlich alles, was ein Mensch ihres biblischen Alters an Krankheiten haben konnte. Jetzt erinnerte ich mich an diese Patientin. Letzte Woche war sie wegen Herzproblemen in der inneren Medizin hospitalisiert gewesen. Den Inhalt der Plastiktüte leerte sie auf dem Tisch aus.

„Von den kleinen Weissen muss ich zwei am Tag nehmen, die Gelben sind zum Schlafen. Die da sind für den Blutdruck. Die muss ich nicht mehr nehmen“, behauptete sie.

Ich griff zum Blutdruckapparat und erschrak über den gemessenen Wert. Die Dame wurde unsicher. „Vielleicht hat der Arzt gesagt, die Gelben nicht mehr nehmen“, sagte sie ratlos.

Lindemann griff zum Telefon und versuchte Brunner zu erreichen. Ohne Erfolg. Es war schon weit nach zwölf Uhr, Brunner würde jetzt beim Mittagessen sein, wie jeder vernünftige Mensch, dachte ich voller Sehnsucht.

„Vielleicht übt er für seine Urschreitherapie und hört das Telefon nicht“, versuchte ich zu scherzen. Lindemann schaute mich heute zum ersten Mal an. Ohne eine Miene zu verziehen verdonnerte er mich dazu, dafür zu sorgen, dass die Patientin wieder hospitalisiert wurde. Mit knurrendem Magen begleitete ich die alte Dame auf die medizinische Abteilung.

***

Als ich mit Methusalems Mutter fertig war, flog die Türe auf und der gut aussehende Typ, dem ich am Personalfest begegnet war, steckte den Kopf rein. Meine schlechte Laune besserte sich schlagartig.

„Oh, hallo, was machen Sie denn hier?“, fragte ich. Ich zwang mich, nicht allzu offensichtlich erfreut auszusehen.

„Ach, Agnes, meine Tischnachbarin von diesem furchtbar lauten Fest“, lachte er. Für einen Moment dachte ich, seine Fröhlichkeit sei nicht echt. Er wirkte angespannt. Ohne auf meine Frage einzugehen schlug er sich auf die Stirn.

„Falsches Zimmer!“, rief er. „Also Agnes, wohin bist du so schnell verschwunden an diesem Tag? Nach der Rede von King Kong habe ich dich aus den Augen verloren. Hat dich der alte Silberrücken verschleppt?“

Verdammt, hatte er vielleicht gemerkt, dass ich mich mit Dobrowsky abgesetzt hatte? Ich wand mich vor Verlegenheit, während er mich belustigt musterte.

„Arbeitest du in dieser Abteilung?“, fragte ich um Sachlichkeit bemüht.

„Nein, eigentlich tue ich nur so“, lachte er wieder. Seine tiefblauen Augen funkelten. Da mir nichts Vernünftiges einfiel, fragte ich:

„Und was genau tust du? Ich meine, wenn du so tust als ob? Also, wenn du nicht gerade Gorillas beobachtest.“ Ich schwieg, da ich merkte, dass ich Unsinn redete.

„Ich bin Psychologe“, sagte er.

Mein Sucher ging los. Ich wurde in den Operationssaal gerufen, um Lindemann zu helfen. Während ich telefonierte, formte der Mann mit den Lippen: „Ich muss weiter“, und verschwand.

Ich trat in sterilen Handschuhen und Mantel zu Lindemann. Er förderte gerade mit einem Instrument, das er einen scharfen Löffel nannte, blutige Gewebefetzen aus der Gebärmutter zu Tage. Am Schluss erlaubte er mir, auch ein bisschen zu kratzen. Ich entlockte der Gebärmutter ein paar knirschende Geräusche und schon bekam Lindemann Panik und jagte mich davon. Ich war nicht unglücklich. Ich war am Verhungern und

Kopfschmerzen kündigten sich an. Ob das die Nebenwirkungen des Tridons waren? Was hatte Lindemann sonst noch gesagt über das Medikament? Ich hatte das Gefühl, mir war etwas entgangen. Aber ich war hungrig und konnte schon deshalb nicht mehr klar denken.

Als ich endlich in den Speisesaal kam, gab es nicht mehr viel Auswahl. Den Fisch, den es heute gegeben hatte, konnte man nur noch riechen. Mit einem Salatteller setzte ich mich an einen freien Tisch. Bald bekam ich Gesellschaft durch Brunner und der Laborantin Rita. Niemand wusste im Moment, ob die beiden noch verlobt waren. Brunner war unberechenbarer als ein Strassenköter. Ohne Einleitung begann er mir von seiner letzten Ägyptenreise zu erzählen. Rita stocherte betrübt in ihrem Essen herum. Brunner richtete seine ganze Aufmerksamkeit auf mich, obwohl ich hätte schwören können, dass er nicht mehr wusste, wer ich war und sich auch nicht dafür interessierte. Die ganze Show zog er ab, um Rita zu demütigen. Diese versuchte sich in das Gespräch einzubringen, verwechselte aber Felucca mit Fellachen. Brunners beissender Spott ergoss sich über die Frau.

Ich atmete erleichtert aus, als sich Egon und Alfred zu uns gesellten. Brunner ignorierte sie und erzählte weiter von seiner Reise auf dem Nil. „Auf einer Felucca“, sagte er mit einem giftigen Blick auf Rita. Er kam aber nicht weiter mit seinem Reisebericht.

Da Alfred wegen seiner Krücken nichts tragen konnte, lief Egon hin und her und reichte knapp an Brunners Gesicht vorbei Teller, Besteck, Serviette und Salzstreuer an seinen Kollegen. Dabei rief er jedes Mal laut: „Teller", „Besteck", „Serviette", „Salzstreuer". Schliesslich gab Brunner genervt auf. Mein Bruder machte solche Sachen nicht absichtlich, er merkte es nicht einmal. Als er sich schliesslich hinsetzte, verkündete er, Alfred wolle nächstes Jahr nach Mozambique, um dort ein Krankenhaus zu übernehmen. Egon schien sichtlich beeindruckt von Alfreds Plänen. Mir taten die armen Mozambiquaner Leid, die auch ohne diese Plage genug am Hals hatten. Ich war aber froh um den Themenwechsel.

„Ist dort nicht Bürgerkrieg?", fragte ich Alfred.

„Unsere Klinik ist im nördlichsten Zipfel des Landes, der Krieg ist südlich davon."

„Kann man denn gefahrlos in das Land reisen?", fragte ich zweifelnd.

„Du musst dich einer Militäreskorte anschliessen, auch wenn du zum Strand willst, oder einkaufen gehst. Wer Angst hat, stirbt im Bett."

„Was ist mit Malaria? Und AIDS?", fragte Rita.

„Malaria ist kein Problem. Die hat dort jeder. Den letzten Arzt haben sie in einem Bleisarg nach Hause transportiert. Aber er hatte wohl schon vorher AIDS." Alfred wirkte begeistert.

„Und wann gehen Sie Ihren Bleisarg beziehen?", fragte Brunner.

Alfred ignorierte ihn. „Der Typ, der das Ganze leitet, hatte einen Freund", erklärte er. „Der war zwanzig Jahre dort unten als Pfarrer tätig. Trotzdem haben sie ihn eines Tages erschossen. Aber er wusste, dass es mal so enden würde."

„Na, dann mal viel Spass!", wünschte Brunner und verliess den Tisch. Mit einer kleinen Kopfbewegung forderte er Rita auf, mitzukommen.

Rita sammelte eilig ihr Geschirr zusammen und folgte ihm.

„So ein Arschloch!“, sagte Alfred. Egon und ich nickten voller Mitgefühl.

Kapitel 10

Der Termin in Blumenthal rückte näher. Agnes fühlte sich wie gelähmt. Frau S. übte mit ihr das Interview mit Koller. Agnes fand sie lächerlich in der Rolle des Chefarztes. Sie beschloss wieder als Koller weiter zu erzählen. „Vielleicht gibt Frau S. dann das nächste Mal einen besseren Koller ab", dachte sie.

***

Ich bat Fräulein Sarah um einen Kaffee und zog mich in mein Büro zurück. Irgendetwas heckte Dobrowsky mit dem Klinikverwalter aus. Heute Morgen kam mir der Verwalter mit rückläufigen Patientinnen Zahlen. Zur Rettung schlug er vor, einen meiner Operationstage Dobrowsky zur Verfügung zu stellen. Er hat mir offen damit gedroht, meine Abteilung zu schliessen, wenn ich nicht kooperierte.

Auf dem Gymnasium war Dobrowsky mein einziger Freund gewesen. Meine Mutter mochte ihn und tat so, als würde sie nicht merken, dass er fast immer bei uns ass. Meine sechs Brüder waren alle älter als ich, machten eine Lehre oder arbeiteten schon. Aus mir sollte mal ein Arzt werden. Meiner Mutter fiel nicht auf, wie sehr sie damit meinen Brüdern auf den Geist ging. Dobrowsky und ich fanden keinen Anschluss in der Klasse. Wir spielten meist allein und als wir alt genug dafür waren, tranken wir abends nach der Schule ein paar Bier zusammen. Wir träumten von Mädchen, die wir nicht haben konnten und führten uns auf, wie sich Halbstarke aufführten. Er hatte mehr Erfolg bei den Mädchen, ich die besseren Noten. Ich redete ihm aus, die Schule abzubrechen. Nicht ganz uneigennützig, ohne ihn wäre ich völlig allein gewesen. Auch brachte ich ihn dazu, Medizin zu studieren und Frauenarzt zu werden. Er zerstörte dafür mein Leben und meine Karriere.

Fräulein Sarah holte mich wieder in die Gegenwart zurück. Sie stellte die Kaffeetasse sorgfältig ab und räusperte sich so lange, bis ich aufschaute.

„Ich habe von meiner Freundin, der Vorzimmerdame des Verwalters etwas erfahren." So dramatisch wie sie tat, handelte es sich vermutlich um Brisanteres als ausgetauschte Kochrezepte. Wahrscheinlich um einen schwulen Liebhaber des Verwalters. Aber auch das interessierte mich nicht. Ich wedelte ungeduldig mit der Hand, damit sie zur Sache kam.

„Der Chefarzt der Chirurgie, Herr Doktor Odermatt, war heute im Büro des Verwalters", begann sie.

„Odermatt ist nicht schwul", klärte ich Fräulein Sarah auf. Sie war nur kurz irritiert, dann erzählte sie weiter. Die Vorzimmerdame habe an der Türe gelauscht.

„Zimmermann, ich warne dich", hatte Odermatt gesagt. „Mir kam zu Ohren, dass Dobrowsky einen Operationstag bekommen soll. Wenn das irgendwie mein Programm tangiert, kündige ich." Odermatt war die einzige Koryphäe, welche Blumenthal je gesehen hatte und je sehen würde. Zimmermann war entsetzt gewesen und hatte ihm versprochen, dass die Veränderung nur die Gynäkologie betreffen würde.

Fräulein Sarah fuhr fort:

„Und dann starrte er Herrn Zimmermann einige Sekunden an. ⍰Dann haben wir uns verstanden⍰, sagte er und verliess das Zimmer".

Ich machte Fräulein Sarah darauf aufmerksam, dass ihre Freundin durchs Schlüsselloch geschaut haben müsse. Dann bat ich sie, den Assistenten auszurichten, dass ich die neuen Patientinnen sehen wolle.

„Es ist nur ein einziger Eintritt, Herr Doktor. Die Oberschwester hat ihr erlaubt, heute Abend nach Hause zu gehen, da sie erst Übermorgen operiert wird. Sie tritt morgen Nachmittag wieder ein." Fräulein Sarah machte eine Pause.

„Weil ja morgen Ihr Operationstag gestrichen wurde", fügte sie überflüssigerweise hinzu. Dann schimmerte die alte, loyale Sarah durch: „Aber ich sagte, sie dürfe erst nach Hause gehen, wenn Sie sie gesehen haben."

Ich hörte ihr nicht mehr richtig zu. Meine Gedanken waren bei Brunners Einladung heute Abend. Alle würden dort sein, auch Dobrowsky. Meiner Frau hatte ich ausgeredet mitzukommen. Es würde auch ohne sie genug anstrengend werden. Mein gestrichener Operationstag würde das Gesprächsthema des Abends werden. Wie die Aasgeier würden sich die Kollegen darauf stürzen. Mein Magen verknotete sich. In letzter Zeit war Brunner überall mit dieser Laborantin erschienen. Wie hiess sie noch gleich? Anita? Renata? Alle Chefärzte sahen sich gezwungen, sie zu duzen, weil sie das mit den Ehefrauen der anderen auch taten.

Obwohl Chefärzte für gewöhnlich Laborantinnen nicht duzten, hatte sich niemand der Überheblichkeit schuldig machen wollen. Dann liess Brunner sie plötzlich wie eine heisse Kartoffel fallen. Keiner wusste jetzt, wie er sich ihr gegenüber verhalten sollte. Blieb zu hoffen, dass sie bald kündigte.

Fräulein Sarah unterbrach meine trübseligen Gedanken. Die Patientin wartete auf das Eintrittsgespräch. Der lange Assistenzarzt führte die Patientin herein und stellte sie vor. Offensichtlich hatte er noch keine Zeit gefunden die Krankengeschichte ordentlich einzutippen. Er versuchte sich im Chaos von verschiedenen kleinen Notizzetteln zurecht zu finden. Die Frau war verärgert, weil sie nicht wie versprochen am nächsten Tag operiert werden würde. Der Lange fuhr fort, sie mal mit Frau Meier, mal mit Frau Müller anzureden. Als wir endlich fertig waren, war ich mir sicher, dass wir sie zum letzten Mal gesehen hatten. Inzwischen war es Zeit, zu Brunners Einladung zu fahren. Er begrüsste mich an der Türe:

„Ah, da bist du ja! Wo hast du denn Astrid gelassen? Rita hat sich schon so gefreut auf sie." Astrid war meine Frau und ich hatte sie zu Hause gelassen. Jetzt sah ich, dass die Laborantin, Rita anscheinend, hinter ihm stand. Also waren sie doch wieder zusammen. Ich hätte mir den ganzen unangenehmen Streit mit meiner Frau sparen können.

„Sie hat eine Grippe", log ich. Damit sie nicht nachhakte, fragte ich schnell „Und wie geht es Ihnen?" Zu spät fiel mir ein, dass ich sie ja duzen sollte.

„Danke gut und Ihnen?", stammelte sie unter dem vernichtenden Blick Brunners.

Ich hatte jetzt schon Kopfschmerzen. Er würde sie wieder den ganzen Abend verspotten, wir würden krampfhaft ihre Kochkünste loben, während sie heimlich in der Küche heulte. Schicksalsergeben folgte ich den beiden ins Gästezimmer. Ausser Dobrowsky waren Odermatt, der Chefarzt der Chirurgie und Zimmermann, der Klinikverwalter anwesend. Meine Kopfschmerzen wurden nicht besser. Dobrowsky drückte mir lachend ein Glas Weisswein in die Hand.

„Es gibt Leute, die vom Weisswein aggressiv werden. Sag uns rechtzeitig, wenn du lieber Whisky willst", scherzte er.

„Ihr seid beide aggressionsgehemmt, sonst wärt ihr richtige Chirurgen geworden", sagte Odermatt. Er warf den Kopf in den Nacken und lachte bellend.

Was sollte das denn wieder? Wollte er mir unterstellen, schlecht zu operieren? Spielte er auf den Verlust meines Operationstages an? Rita eilte mit Aperitif Häppchen herbei. Wir lobten ihre Kochkünste. Odermatt qualmte uns mit seinen Zigaretten ein.

Am Fernsehen lief Fussball. Das war wahrscheinlich der Anlass zu dieser Einladung. Ein Männerabend vor dem Fernseher. Ich konnte nicht nachvollziehen, warum ich zweiundzwanzig verschwitzten Männern mit stinkenden Füssen beim Herumrennen zuschauen sollte. Im Moment war ich erstmals in meinem Leben glücklich über die Europameisterschaften. Niemand redete über meinen gestrichenen Operationstag. Mit einem gemütlichen „Pscht“ öffnete ich ein gekühltes Bier und entspannte mich.

In der Pause verschwanden unsere Gastgeber in der Küche. Als sie zurückkamen, fing Brunner eine Fachdiskussion mit dem Chirurgen an. Rita näherte sich unsicher der Gesellschaft. Sie hatte rote Augen. Offensichtlich war in der Küche etwas vorgefallen. Gut. Häusliche Probleme des Gastgebers würden von meinem gestrichenen Operationstag ablenken. Dobrowsky ging zu Rita und brachte sie mit einem Scherz zum Lachen. Brunner lief dunkelrot an und Zimmermann, unser homophiler Klinikverwalter, warf Dobrowsky liebeskranke Blicke zu. Vielleicht müsste ich mit dem Mann flirten, um meinen Operationstag zurückzubekommen.

Es traf mich wie ein Schlag auf den Hinterkopf, als Brunner plötzlich sagte:

„Wie ich hörte, hat Dobrowsky einen Operationstag von dir eingesackt.“

„Ja, also, es läuft bei uns im Moment eher weniger“, sagte ich gedehnt. “Da dachten wir ...“, ich machte eine hilflose Geste in Richtung Zimmermann, „es wäre im Interesse des Krankenhauses ...“. Es hörte sich so lahm an, wie ich mich gerade fühlte.

„Hat der Pillenknick nun auch Blumenthal erreicht?“, fragte Odermatt scheinbar harmlos. Dieser falsche Hund!

„Es ist eben alles im Fluss“, erklärte uns Zimmermann philosophisch. Dobrowsky schwenkte gutgelaunt den Rotwein in seinem Glas und fragte:

„Bist du unter die Buddhisten gegangen?“

„Wir sprachen davon, dass du dich überall breit machst“, sagte Brunner mit einem vernichtenden Blick auf Rita, die in die Küche flüchtete.

„Ich plane den Aufbruch einer neuen Ära der Operationstechnik. Die Zeiten der Kriegschirurgie sind vorbei. Nächste Woche werde ich die erste Gebärmutter durch eine Bauchspiegelung entfernen."

„Die Patientinnen stehen jetzt schon Schlange", begeisterte sich Zimmermann.

„Jedes Organ, das sich durch ein Knopfloch entfernen lässt, ist es nicht Wert, entfernt zu werden", schnaubte Odermatt, sah aber verunsichert aus.

„Auf die Zukunft!", sagte Dobrowsky und stiess mit Zimmermann an. Die beiden lachten wie zwei Hyänen, die gerade den Rudelführer an den Löwen verraten hatten.

***

Frau S. fragte Agnes nach dem Antibiotikum, das sie von Dobrowsky bekommen hatte. Sie wollte wissen, ob sie ihn deswegen zur Rede gestellt hatte. Die Psychiaterin musste sich langsam daran gewöhnt haben, dass Agnes unfähig war, auf solche Fragen eine direkte Antwort zu geben. Auch jetzt holte Agnes ein wenig aus.

***

Ein paar Tage später begrüsste mich Alfred am Morgen mit:

„Heute haben wir einen zusätzlichen Eintritt. Einen für Dobrowsky. Wenn du fertig bist, rufst du mich an. Ich muss dringend zum Flughafen."

Etwas verdattert fragte ich:

„Seit wann müssen wir Eintritte für Belegärzte machen?“

„Seit Dobrowsky da ist. Also ich muss los.“ Er drückte mir die Unterlagen für Dobrowskys Patientin in die Hand.

„Was macht Egon? Wo steckt er überhaupt?“, rief ich ihm nach.

„Er muss mich zum Flughafen fahren“, sagte er und humpelte betont umständlich davon. Na, ja, es war eh nicht viel los. Ich konnte mich genauso gut nützlich machen. Vielleicht würde es auch eine Gelegenheit geben, Dobrowsky wegen des Antibiotikums zu fragen, das er mir gegeben hatte.

Dobrowskys Patientin war in einem der Privatzimmer mit Blick auf den Garten untergebracht. Ich klopfte an die Türe und trat ein.

„Guten Tag Frau Blum“, begrüsste ich sie.

„Ich hätte schon vor Jahren Frau von Tobel heissen sollen“, antwortete die Frau säuerlich. Eingekuschelt in einen teuren Morgenrock sass sie in ihrem Bett. Um den Kopf hatte sie ein Seidentuch zu einem Turban drapiert. Auf zwei Beistelltischchen standen eine Hutschachtel und ein Schminkkoffer. Dass ihr Stil no longer très chic war, hatte die Gute noch nicht geschnallt. Ich holte sehr lange und sehr tief Luft und fragte:

„Soll ich Sie mit Frau von Tobel anreden?“

„Wo ist Herr Doktor Dobrowsky? Er kennt meine tragische Lebensgeschichte“, schmollte sie. Da Dobrowsky offensichtlich nicht anwesend war, erzählte sie mir, dass sie einen Tag vor der Hochzeit von einem Herrn von Tobel verlassen worden war. Es lag zwar schon Jahre zurück, aber es schmerzte sie wie gestern.

Ich bemühte mich redlich, die Routinebefragung durchzuführen. Ich kam keinen Schritt weiter. Die Frau schien kerngesund zu sein. Das einzige was sie mir verraten wollte war, dass sie keine Antibiotika vertrug. Sie kramte aus ihrer Handtasche ein Päckchen hervor, das mir sehr bekannt vorkam. Es war Tridon.

„Doktor Dobrowsky gab mir das neulich gegen eine Blasenentzündung. Es ist das einzige Antibiotikum, das ich nehmen darf. Etwas anderes vertrage ich nicht", sagte sie.

Ich fand nicht heraus, warum sie hospitalisiert wurde. Irgendetwas Peinliches vermutlich. Es interessierte mich, ehrlich gesagt, auch nicht die Bohne.

Die Tür ging auf und Dobrowsky kam mit einem mürrischen Alfred im Schlepptau herein. Frau Blum alias von Tobel begrüsste ihn mit offenen Armen und mit einem schrillen Lachen, das so falsch war wie ihre Brüste. Während Alfred und ich dumm herum standen, führten die beiden ein Privatgespräch über gemeinsame Bekannte. Alfred machte sein „Ihr lasst einen Behinderten langsam und qualvoll krepieren" Gesicht. Als ihn niemand beachtete, setzte er sich und platzierte sein Gipsbein auf dem letzten freien Stuhl. Frau Blum tupfte vorsichtig, um das Makeup nicht zu verschmieren, Lachtränen von ihren Augen. Sie versprach Dobrowsky eine Kiste Champagner, wenn das hier vorbei sei. Sie malte mit ihrem manikürten Zeigefinger einige Kreise in die Luft.

„Ach übrigens ... Sie wissen doch, ich bin allergisch gegen gewisse Medikamente. Die Studentin hat nicht danach gefragt. Ich denke, es könnte wichtig sein."

Dieses Luder!

„Keine Sorge. Ich kenne Sie in und auswendig“, zwinkerte ihr Dobrowsky zu. Die Frau errötete und lachte hysterisch.

„Aber ich habe sie gefragt“, verteidigte ich mich, als wir wieder draussen standen.

„Es ist nicht jedermanns Sache, das Vertrauen von Patientinnen zu gewinnen“, tröstete er mich gönnerhaft. Er befahl Alfred, sich um Frau Blum zu kümmern. „Die Studentin“, er zeigte mit dem Kopf in meine Richtung, „kann sich um die Kassenpatientinnen kümmern.“ Dobrowsky marschierte mit energischen Schritten davon. Alfred machte hinter seinem Rücken eine obszöne Geste. Ich wich seinem Stock aus und rannte Dobrowsky nach.

„Ich wollte dich etwas fragen“, begann ich unsicher. Seine Augenbrauen schossen in die Höhe.

„Also, wegen dieses Antibiotikums, Tridon ... Ich hörte, es hätte Nebenwirkungen und sei deshalb nicht zugelassen.“

Er schaute mich mit einem äusserst desinteressierten „Wovon spricht die Trulla“-Blick an.

„Warum hast du es mir gegeben?“, hakte ich nach.

„Warum sollte ich Ihnen ein Medikament gegeben haben?“, fragte er zurück.

Ja, weil ich eine Blasenentzündung hatte, nachdem wir miteinander geschlafen haben, du Arschloch. Gereizt schaute er auf seine Uhr, während ich den Mund auf und wieder zuklappte. Ich war sprachlos.

„Sie verwechseln da etwas“, sagte er und liess mich mitten im Flur stehen.

Noch am selben Nachmittag fasste ich mir ein Herz und fragte Lindemann, was er neulich wegen der Nebenwirkungen des Tridons gemeint hatte. Das Medikament war unterdessen, noch in der Testphase, zurückgezogen worden.

„Kopfschmerzen, Schlafstörungen, Schluckstörungen, Doppelbilder“, ratterte Lindemann die Liste runter. Nichts, womit ich nicht leben könnte. Ich meine, ich hatte schon befürchtet, ich bekomme einen Hirntumor. Die schlechte Nachricht war, dass es die Sicherheit der Pille beeinträchtigte. Vor allem, wenn man Tag- und Nachtschichten geschoben und die eine oder die andere vergessen hatte.

Scheisse.

Ein Schwangerschaftstest machte frühestens in zwei, drei Wochen Sinn. Ich beschloss, das Problem vorläufig zu ignorieren. Um mich abzulenken, ging ich zum Assistentenbüro. Ich steckte den Kopf durch die Türe.

„Kommt jemand Kaffeetrinken?“, fragte ich.

Egon brummte so etwas wie: „zu tun“ und reichte Alfred eine Pinzette. Alfred fischte aus einer Schachtel ein grünes Blatt. Egon entfernte den Deckel einer zweiten Schachtel. Unendlich behutsam legte Alfred das Blatt hinein.

„Die sind aus Botswana, eine Sorte, die nur dort vorkommt. Wir haben sie gerade eben vom Flughafen abgeholt“, erklärte Egon. Seit Tagen sprachen die beiden über diese ekligen Raupen. Immer wenn sie nicht gerade Fussball schauten. Es war zum Auswachsen. Alfred waren schon eine ganze Reihe Raupen eingegangen. Die seltenen Exemplare besorgte er sich über Bekannte von Bekannten, welche im Ausland lebten. Die Leute vergassen aber Luftlöcher in die Transportbehälter zu bohren, liessen die Raupen im Gepäckraum erfrieren oder brachten sie mit falschem Futter um. Auch kam es immer wieder vor, dass eine neugierige Freundin eine Schachtel aufmachte und den Inhalt kreischend auf den Boden fallen liess. Zudem mussten sie an den Zollbeamten vorbeigeschmuggelt werden. Deswegen waren die beiden also heute Morgen zum Flughafen gefahren. Um das Päckchen eigenhändig in Empfang zu nehmen.

„Ich habe übrigens heraus gefunden, warum Dobrowsky diese Frau Blum hospitalisiert hat", sagte Alfred. Im Eintrittsbericht stand Fehlgeburt, in Wirklichkeit war es eine Abtreibung."

„Woher weisst du das?", fragte ich schockiert.

„Ich musste mich um sie kümmern, als sie vorhin aus der Narkose aufwachte. Sie hat ziemlich viel geredet", sagte Alfred. „Sie nahm die Pille und trotzdem wurde sie schwanger. Also hat ihr Dobrowsky aus der Patsche geholfen. Illegal ist es trotzdem." Die Frau hatte auch Tridon genommen. Mein Mund wurde ganz trocken.

„Geh du schon mal in die Cafeteria. Ich komme nach, wenn die Kleine fertiggegessen hat", sagte Egon in diesem Moment zu mir. Als er kurz aufschaute, erschrak ich über sein krankes Aussehen. Er scheuchte mich weg.

Elfie sass allein an einem Tisch. Seit dem Personalfest hatten wir einander gemieden. Gerade als ich mich wieder davon schleichen wollte, schaute sie auf. Für einen Abgang war es zu spät. Ich setzte mich zu ihr. Sie rührte so heftig in ihrem Kaffee, dass die Tasse bald ein Loch im Boden haben musste. Ich machte es ihr gleich. Bevor es so richtig unangenehm wurde, kam Kemal mit dem blonden Jungen herein, den er im Rollstuhl vor sich her schob. Elfie begrüsste den Postboten mit einer herzlichen Umarmung. Kemal umarmte auch mich wie eine alte Freundin. Der Junge im Rollstuhl zupfte mich am Ärmel und sagte:

„Ich bin Martin, erinnern Sie sich? Wenn ich aufstehen könnte, würde ich mitmachen bei der Knutscherei.“ Elfie fuhr ihm lachend durch die blonden Locken. Er bekam von uns beiden einen Kuss. Elfie war Martins Physiotherapeutin. Mir fiel auf, wie gut sie mit dem Jungen umgehen konnte. Kemal nahm aus der Tasche, die er bei sich trug, eine Postkarte und reichte sie Elfie.

„Du hast Post“, sagte er. Das Bild zeigte den Grand Canyon in den schönsten Farben. Nach einem kurzen Blick auf die Postkarte verdüsterte sich Elfies Gesicht. Auch in mir kamen unschöne Gefühle auf.

„Hast du einen Freund dort?“, fragte Kemal.

„Exfreund.“

„Wirklich? Ich auch!“, entfuhr es mir.

„Hat er sich auch plötzlich an seine Ex erinnert und mitsamt einer Publikation, für die du zwei Jahre geschuftet hast, vom Acker gemacht?“, fragte Elfie bitter.

„Nein, er hat sich daran erinnert, dass er doch noch nicht geschieden, zwanzig Jahre älter und mein Professor war“, sagte ich. Es tat immer noch verdammt weh.

„Also, ich bin single, falls es jemanden interessiert", sagte Martin und zwinkerte mir zu. Elfie musste unwillkürlich lachen.

„Und du Kemal, hast du eine Freundin?", fragte sie.

„Denk nicht mal daran, Kemal ist verheiratet", sagte Martin. Kemal packte hastig seine Tasche und verabschiedete sich von uns. Den lautstark protestierenden Martin nahm er mit.

In diesem Moment betrat Brunner mit energischen Schritten die Cafeteria und steuerte unseren Tisch an.

„Wir könnten vielleicht Brunner fragen, ob er mit uns eine Urschreitherapie macht", raunte mir Elfie zu. Wir lachten, bis uns Tränen kamen. Immer wieder prusteten wir los bei der Erinnerung, wie uns ein Chefarzt in den Wald verschleppt und seinen Urschrei vorgeführt hatte. Brunner setzte sich irritiert an den entferntesten Tisch.

Plötzlich stand Egon mit einem bis zur Decke mit Esswaren gefüllten Tablett, blutunterlaufenen Augen und hängenden Schultern an unserem Tisch. Er war unrasiert und machte ein Gesicht, als hätte er gerade aus Versehen seinen eigenen Hund überfahren.

Kapitel 11

Frau S. zuckte nicht mal mit der Wimper, als Agnes mit Egons Stimme weiter erzählte. Im Gegenteil, die Psychiaterin schien sich zu freuen, dass sie auch ohne Erklärung erriet, welche Person sie gerade vor sich hatte.

***

Der Tag fing nicht gut an. Und wurde mit jeder Sekunde schlimmer.

Ich machte ein Auge auf und blinzelte kurzsichtig. Ich versuchte mich zu erinnern, wo ich war. Das schmutzige Gelb der Wände passte eher zu meinem Zimmer im Personalhaus des Krankenhauses als zur Garage bei Theos WG. Das nervöse Zwitschern des Weckers liess sich auch eher zum Personalhaus gehörend einordnen. Ich tastete nach meiner Brille und fand sie schliesslich plattgedrückt auf dem Kopfkissen. Plötzlich wurde es mir übel. Ich rannte ins Badezimmer und hielt den Kopf unter den kalten Wasserstrahl bis mir die Ohren schmerzten. Dann krabbelte ich wieder zurück bis zum Bett. Hinein schaffte ich es nicht mehr, blieb am Boden sitzen und schaltete endlich den Wecker ab. Es blieben mir nur noch drei Minuten bis zum Morgenrapport. Ich beschloss, mich krank zu melden. Ich musste lange überlegen, konnte mich aber nicht an den Namen meines Oberarztes erinnern. Schliesslich sah ich ein, dass ich für ein

Gespräch mit meinem Vorgesetzten nicht in der richtigen Verfassung war. Sein Name war mir zwar entfallen, aber an seinen letzten Wutausbruch erinnerte ich mich noch lebhaft.

Ich dachte nach. Alfred würde um diese Zeit seinen Sucher gar nicht erst abnehmen. Und Agnes … Möglicherweise war sie immer noch wütend auf mich, weil ich einfach verschwunden war. Ich nahm tapfer den Hörer ab und wählte die Nummer des Sekretariats.

„Sekretariat Doktor Koller, Fräulein Sarah“, meldete sich Fräulein Sarah.

„Fräulein Sarah, hier Egon d'Estrées“. Keine Reaktion von Fräulein Sarah.

„Ich, äh, guten Morgen“, versuchte ich es. Immer noch keine Antwort.

„Ich wollte …, ich bin krank“, sagte ich. Kein mitfühlendes Wort von Fräulein Sarah.

„Fräulein Sarah, sind Sie noch da?“

„Ja, ich höre Sie“, sagte sie kühl. Mein Gott, was hatte die blöde Ziege bloss? Unsicher fuhr ich fort:

„Ich glaube, ich habe eine Grippe.“

„So?“ Das war jetzt verächtlich.

„Könnten Sie bitte, Herrn äh, Oberarzt ausrichten, dass ich heute nicht …“, stammelte ich und beendete den Satz mit einem Schluckauf.

„Wie bitte?“, fragte Fräulein Sarah gnadenlos.

Ich atmete ein. „Dass ich heute nicht kommen kann“, sagte ich rasch und hielt sofort wieder die Luft an.

„Ich werde es weiterleiten“, sagte sie und legte auf. Warum nochmal, hatte ich mir eingebildet, der Chefsekretärin besser gewachsen zu sein als dem Oberarzt, dessen Namen ich vergessen hatte?

Düster erinnerte ich mich, dass Fräulein Sarah im Personalhaus auf dem gleichen Stockwerk wie ich ein Einzimmerappartement bewohnte. Könnte es sein, dass ich gestern Abend etwas laut gewesen war? Sie hatte sich deswegen schon einmal beschwert. Ich versuchte den Abend zu rekonstruieren. Ich hatte mich gestern mit meiner Band getroffen, konnte mich aber nicht erinnern, wie ich wieder hierhergekommen war. Ich verkroch mich wieder ins Bett und übergab mich meinem Elend. Übergeben und Elend beschreiben auch das was ich in der folgenden halben Stunde tat, ziemlich treffend. Im Badezimmer fanden sich ein paar Tabletten, die mit etwas Glück tatsächlich Schmerzmittel waren. Ich warf sie ein.

Mein Schädel platzte. Gestern Abend hatte ich im Badezimmer in Theos WG Kopfschmerztabletten gesucht und eine kleine, von Hand beschriftete Schachtel Aspirin gefunden. Ich wunderte mich noch, dass es so kleine Aspirin Tabletten gab und schluckte sie. Dann ging ich zurück zu meinen Kumpels. Ich nahm mein Saxophon und spielte die schönste Musik aller Zeiten. Die Schmerzen waren wie weggeblasen. Meine Melodie verzauberte Theos Garage in einen farbenprächtigen Urwald mit bunten Vögeln, zarten Libellen und kreischenden Affen. Der kreischende Affe hörte sich allerdings sehr nach Theo an. Er sah auch wie Theo aus. Dann begann auch der bunte Papagei zu fluchen. Er sagte so etwas wie:

„Verdammtes Arschloch, hast du meine Pillen eingeworfen?“

Wie ein Papagei wiederholte er den Satz. Er war ja auch einer. Ausser dass er jetzt immer mehr wie unser Schlagzeuger Reto aussah. Der Papagei-Reto packte mich am T-Shirt und schüttelte mich so, wie ein Terrier eine Ratte schüttelt. Der Stoff riss mit einem Ratschen. Reto hörte erst damit auf, als ich ihm versprach, aus dem Krankenhaus Opium mitzubringen, um seinen Verlust wettzumachen.

Er brauchte nicht zu wissen, dass ich nicht mal in die Nähe der Betäubungsmittel kam.

„Sorry, Mann", sagte Reto, und glättete mein T Shirt. Meine Zähne klapperten immer noch, aber wir spielten weiter wie ein Urwaldsymphonieorchester. Die Garage explodierte erneut in Farben und Klängen. Und dann wusste ich nichts mehr. Dunkelheit. Bis ich mit diesen grausigen Kopfschmerzen und ohne Erinnerung an den Namen des Oberarztes in diesem hässlichen Zimmer aufwachte.

Die Tabletten, die ich vorhin geschluckt hatte, waren offenbar Schmerzmittel gewesen. Mein Kopf hörte langsam auf zu pochen und ich merkte, dass ich einen Mordshunger hatte. Ich machte mich auf Futtersuche. Alfred liess mir kaum Zeit, das Sandwich runter zu würgen, das ich im Verpflegungsautomaten gefunden hatte. Er war ganz aufgeregt wegen der Raupen, die wir am Flughafen holen sollten. Zum Glück hatte meine kleine Schwester Agnes die Arbeit von heute schon erledigt.

Der Hunger quälte mich immer noch. Zudem wurde ich immer niedergeschlagener. Reto hatte mich gewarnt, dass seine Pillen am nächsten Tag die eine oder andere Nebenwirkung haben könnten. In der Cafeteria konnte ich mich zwischen den verschiedenen Kuchen nicht entscheiden. Ich nahm schliesslich von jeder Sorte ein Stück. Dann entdeckte ich die Hotdogs. Auch hier war es nicht möglich, zwischen Senf, Ketchup und Majo zu entscheiden. Ich mochte es nicht gemischt, so viel war klar. Also drei Hotdogs.

Ich hatte nur Augen für mein Essen. Erst als der Postbote mit einem Rollstuhlfahrer an mir vorbeiraste, bemerkte ich Agnes und Elfie. Sie sassen an einem Tisch und lachten sich über etwas oder jemanden kaputt. Ich hatte das unangenehme Gefühl, dass sie über mich lachten. Unsicher setzte ich mich zu den beiden. Sie verstummten.

„Warst du gestern mit deiner Band spielen?", fragte Agnes. Entweder sollte das mein Aussehen entschuldigen oder meine Schwester versuchte, mich für Elfie interessant zu machen.

„Spielst du in einer Band?", fragte Elfie.

„Äh, es ist keine richtige Band. Also, wir üben nur ein wenig in einer Garage."

„Was spielst du für ein Instrument?"

„Sa- Saxophon...", stammelte ich und errötete. „Aber ich kann es nicht gut".

Agnes verdrehte die Augen. Ich konnte nichts dafür. Das war immer so. Wenn ich ein Mädchen mochte, begann ich zu stottern, wurde rot und meistens fielen mir dann auch noch Sachen aus der Hand. Im Moment war alles sogar noch etwas schlimmer durch die Depression, die ich mir mit Retos Pillen eingefangen hatte. Der unersättliche Heisshunger, der weitere Nebeneffekt, war auch nicht gerade hilfreich. Ich schielte sehnsüchtig zu den Hotdogs.

„Er spielt traumhaft", sagte Agnes. „In ein paar Wochen treten sie bei einer Hochzeit auf." Beherzt log sie weiter: „Ich gehe manchmal mit zu den Proben. Die Stimmung ist super."

„Wirklich, kann ich auch mal mitkommen?", fragte Elfie.

Voller Schrecken dachte ich an Theos Garage. Die leeren Bierflaschen. Die Ersatzreifen. Die stinkenden Abfallsäcke. Agnes war nicht mehr dort gewesen, seit Reto in mein altes Zimmer bei Theo eingezogen war. Der ganze Müll landete seither in der Garage. Vor zwei Jahren, als Agnes zu einer Probe mitgekommen war, hatte sie Liebeskummer gehabt. Den ganzen Abend hatte sie geheult und unseren Vorrat an Haschischkeksen vernichtet. Als Theo sie um den letzten Keks bat, rastete sie aus und beschimpfte ihn als brutalen Macho auf Egotrip. Der sanfte, friedfertige, schwule Theo schickte ihr seither immer noch Päckchen mit selbstgebackenen Haschischkeksen. Agnes sah die Panik in meinen Augen und deutete sie richtig. Dann hatte sie ihren nächsten Einfall.

„Oder wir könnten alle zusammen zu dieser Hochzeit gehen. Egon wird ja nicht ohne Pause spielen müssen, zwischendurch können wir ein bisschen zusammensitzen."

Das Hochzeitpaar hatte sich schon vor Monaten zerstritten und die Hochzeit abgesagt. Die letzten Wochen hatte meine Band vor allem mit Biertrinken mit dem untröstlichen Bräutigam verbracht. Ich liess die Schultern hängen und grummelte:

„Eher nicht."

Elfie zuckte zusammen. Ich wollte nur noch diese Hotdogs und die Kuchen essen und im Erdboden versinken. Elfie erinnerte sich plötzlich, dass sie sehr viel zu tun hatte und verabschiedete sich hastig von Agnes. An mich verschwendete sie keinen Blick.

„Bist du noch zu retten?“, fragte Agnes, als Elfie ausser Hörweite war. Ich biss endlich in den ersten Hotdog hinein und verschlang ihn in drei Bissen, während mich Agnes entgeistert anschaute. Dann stand sie auf und liess mich allein.

***

Frau S. lachte.

„Wenn ich nicht wüsste, dass Egon und Elfie inzwischen verheiratet sind und ihr erstes Kind erwarten, würde ich mir echte Sorgen um Ihren Bruder machen“, sagte sie.

Agnes erzählte ihr als Elfie weiter:

***

Ich flüchtete aus der Cafeteria. Bevor die ersten Tränen anfingen zu rollen, konnte ich mich in der nächsten Toilette einschliessen. Es gelang mir, mich halbwegs zu beruhigen, bis ich den nächsten Patienten behandeln musste. Aber auf das, was nachher kam, war ich nicht vorbereitet, so erwischte es mich eiskalt. Als ich in den Physiotherapieraum betrat, sass dort Hermann Dobrowsky.

„Ich habe da eine Verspannung in den Schultern und dachte, ich lasse mich durch kundige Hände behandeln“, sagte er träge, legte den Kopf schief und schaute mich von Kopf bis Fuss an. Ich errötete. Es kribbelte und brannte in meinem Gesicht. Und nicht nur dort. Keine Ahnung wie er das machte. Wenn ich ein Mann wäre, hätte sich mein Schritt jetzt ausgebeult. Er zog sein Hemd aus und legte sich auf die Massageliege. Er war stark behaart und muskulös. Ich nahm etwas Massageöl und begann seine Schultern zu massieren. Sobald ich ihn berührte, stöhnte er leise. Die Behandlungsbetten waren durch Vorhänge voneinander getrennt. Von nebenan hörten wir Gespräche. Ich liess meine Hände nach unten wandern. Er drehte sich langsam um und schob seine Hände unter mein T-Shirt.

„Hey Elfie, kann ich mal etwas Massageöl ausleihen. Ups, du machst mit Dobrowsky rum! Na, dann macht mal schön weiter.“ Das sagte zwar niemand, aber ich meinte, ich sehe den Vorhang aufgehen und schlagartig verging mir die Lust. Hastig zog ich mich zurück. Dobrowsky gab einen frustrierten Laut von sich, grinste dann und sagte:

„Wir machen nächstes Mal weiter. Das hat mir schon sehr gut getan.“

***

Während Elfie erzählte, dass auch sie mit Dobrowsky etwas laufen hatte, fragte ich mich, warum ich nie auf die Idee gekommen war, einen anderen Mann als Gerald anzuschauen. Heute noch scheine ich an manchen Tagen zu glauben, er würde den Scheidungsantrag rückgängig machen und reuevoll zu mir zurückkommen.

Der Privatdetektiv, den ich auf Gerald angesetzt hatte, hatte heute angerufen und gesagt, er hätte etwas herausgefunden. Er wollte mir aber am Telefon nicht verraten, was. Ich weiss inzwischen nicht mehr, ob ich es wissen will. Bis jetzt sind seine Erkenntnisse mager. Ausser, dass Gerald öfter nach Monte Carlo fuhr, habe ich nichts Neues erfahren.

Ich bat Agnes, weiter zu erzählen, damit ich sie besser auf ihr Bewerbungsgespräch vorbereiten konnte. Sie liess wieder Agnes zu Wort kommen.

***

Koller war überraschend für eine Woche in den Urlaub gefahren. Ausser Lindemann und Fräulein Sarah wusste niemand, wo er war. Die zwei schwiegen wie ein Doppelgrab. Wenn ich nicht wüsste, dass seine Frau Astrid auch vermisst wurde, hätte ich eine heimliche Sexaffäre vermutet. Obschon ich Koller und Sex nicht in einem Satz erwähnen mochte.

Alfred behauptete, sein Bein schmerze und drückte sich vor jeglicher Arbeit. Egon war auf der schwarzen Liste und wurde von Lindemann ignoriert. So musste der Oberarzt mit mir vorlieb nehmen, wenn er eine Assistenz brauchte. Er wirkte überfordert und gereizt. Ich konnte mir gut vorstellen, dass der arme Kerl jede Nacht Albträume hatte.

Das reguläre Operationsprogramm war während Kollers Abwesenheit gestrichen worden. Der Morgenrapport war sterbenslangweilig. Ich versuchte mit geschlossenem Mund zu gähnen. Egon sperrte mit knackenden Kiefergelenken seinen Rachen auf und schüttelte den Kopf, um wach zu bleiben. Alfred schnarchte leise. Als wir in den Stühlen hingen und wie ein trauriger Haufen Löwen im Zoo um die Wette gähnten, wurde ein Notfall gemeldet. Eine Eileiterschwangerschaft, die sofort operiert werden musste. Die Ambulanz war gerade gekommen. Lindemann sprang auf, schaute in die

Runde. Seine Schultern sackten herunter, als ihm bewusst wurde, dass seine Wahl aus einem stinkfaulen Sack, einem schlafwandelnden Tollpatsch und einer blutigen Anfängerin bestand. Er entschied sich für die Anfängerin und wir rannten in den Operationssaal.

Wenige Minuten später standen wir in grünen Mänteln und sterilen Handschuhen am Operationstisch. Lindemann setzte das Skalpell an und machte mit zittrigen Händen einen riesigen Schnitt, als wollte er eine Lebertransplantation vornehmen. Eine Blutfontäne schoss heraus. Ich konnte nicht schnell genug saugen. Lindemann wühlte panisch im Bauch herum. Die Herztöne der Patientin wurden immer schneller. Der Anästhesist fluchte. Die Herztöne wurden wieder langsam. Zu langsam. Lindemann griff mit beiden Händen in die Bauchhöhle. Plötzlich hörte es auf zu bluten. Lindemann konnte das blutende Gefäss endlich abklemmen. Ich merkte, dass ich den Atem angehalten hatte und schnappte nach Luft.

Lindemann gab sich locker, als er eine halbe Stunde später die Wunde wieder zunähte. Er scherzte sogar mit den OP Schwestern, was sonst gar nicht sein Stil war. Es sollte wohl so aussehen, als hätte er alles im Griff. Ich hatte da meine Zweifel. Aber ich gönnte ihm seinen coolen Moment.

Nach der Operation half ich der Schwester, die Patientin auf der Intensivstation abzuliefern. Dabei erblickte ich Kemal am Bettrand einer Patientin. Ich ging zu ihm. Die alte Dame aus dem letzten Jahrhundert, die ich neulich aufgenommen hatte, lag im Bett. Ihr winziger Kopf schaute mit geschlossenen

Augen zwischen den weissen Laken heraus. Bleich und zahnlos sah sie wie eine Leiche aus.

„Was machst du hier, Kemal?“, fragte ich leise. Kemal schrak so heftig hoch, dass sein Stuhl umkippte.

„Ich besuche“, sagte er so schuldbewusst, als hätte er die Frau gerade abgemurkst. Unwillkürlich vergewisserte ich mich, dass auf dem Monitor noch Lebenszeichen angezeigt wurden.

„Kennst du sie?“, fragte ich verwundert.

„Ich?“ Kemal zeigte mit beiden Händen auf sich und schaute theatralisch um sich, als könnte ich unmöglich ihn meinen.

„Komm, wir gehen Kaffee trinken“, sagte er und zog mich hinaus. Unterwegs holten wir noch Elfie ab. Martin hatte gerade eine Therapiestunde bei ihr. Er sah verweint aus, als wir rein kamen, fasste sich aber sofort und setzte sein übliches freches Grinsen auf. Auch die zweite Operation hatte bei ihm nicht das erhoffte Resultat gebracht. Es warteten ein weiterer Eingriff und eine lange Rehabilitation auf ihn. Kemal boxte ihn freundschaftlich in den Oberarm und sagte:

„Du bist heute wieder ein pischmisch tavuk.“

„Ja, Mann, aber echt. Oder schlimmer“, brummte Martin. Kemal schob lachend seinen Rollstuhl in die Cafeteria.

Alfred und Egon sassen schon beim Kaffee. Egon warf die Kaffeetasse um, sobald er Elfie erblickte. Erschrocken sprang er von seinem Stuhl auf, stützte sich auf den Rand des Tabletts und leerte alles über seine weisse Arbeitshose aus. Wenigstens heiterte das Martin auf. Er lachte Tränen.

„Als ich die Mandeln operieren musste, kam in der Kinderklinik auch ein Clown vorbei", sagte Martin, als er sich etwas erholt hatte. Wir Erwachsenen bemühten uns vergebens um ernste Mienen. Egon wand sich. Elfie schien seit gestern vollkommen verändert. Sie wirkte verwegen. Sie scherzte und flirtete mal mit Alfred, mal mit Kemal, mal mit Martin. Nur Egon liess sie links liegen.

Auch Lindemann gesellte sich mit einem Kaffee zu uns. Für einen Moment wurde es ruhig. Er war sonst, um seine Autorität zu beweisen, sehr um Distanz bemüht. Heute war offenbar der Tag der Wunder. Er bot uns offiziell das Du an und stellte sich etwas steif als Alois vor. Als Kemal ihm begeistert die Hand schüttelte, runzelte er die Stirn. Lindemanns Geselligkeit hatte offenbar Grenzen.

„Hallo, Al!", sagte Martin frech.

„Wer bist du denn?", fragte Lindemann irritiert.

„Ich bin Martin. In ein paar Jahren werde ich mich hier um eine Stelle bewerben. Vielleicht bist du bis dann der Chef. Es ist gut, dass ich einen Obermacker schon mal kenne." Lindemann war nicht schlagfertig. Martins strahlendes Jungengesicht war so entwaffnend, dass unser Oberarzt darauf nichts zu sagen wusste. Verunsichert setzte er sich an den Tisch.

„Benimm dich Martin!", lachte Elfie und wand sich Lindemann zu:

„Hey, von deiner Heldentat von heute Morgen spricht das ganze Krankenhaus. Das ist ja der Wahnsinn, dass du noch vor dem ersten Kaffee ein Leben gerettet hast!"

Mit Elfie stimmte heute definitiv etwas nicht. Die Geschichte von der Operation hatte sie eben erst von mir gehört. Es war natürlich schon super, dass die Frau überlebt hatte, aber so sensationell war es nun auch wieder nicht. Wenn Lindemann geschickter gewesen wäre, hätte sie wahrscheinlich gar nicht erst drei Liter Blut verloren und würde jetzt im künstlichen Koma liegen. Da merkte ich, dass Elfie mir zuzwinkerte. Sie hatte erreicht, dass Lindemann sich wieder besser fühlte. Egon hingegen schrumpfte noch etwas. Begeistert erzählte Lindemann von seiner Heldentat. Er schaute dabei hauptsächlich mich an, obwohl ich ja live dabei gewesen war. Irgendwann dämmerte mir, dass er mit mir zu flirten versuchte. Ganz niedlich, eigentlich.

***

Agnes erzählte weiter:

Egon und ich passten seit unserer Kindheit aufeinander auf. Unsere Eltern waren zu sehr mit ihren Streitereien beschäftigt gewesen, um sich um uns zu kümmern. Unser Vater war Erfinder gewesen. Als junger Mann hatte er ein Alarmsystem entwickelt und es zu viel Geld gebracht. Danach hatte er nicht mehr gearbeitet. Er spielte lieber Saxophon in Bars. Unsere Mutter war seine ehemalige Geschäftspartnerin gewesen. Seit wir uns kannten, stritten sie um die Patentrechte. Wir fragten uns, wie sie es geschafft hatten, uns zu zeugen. Während Egon wenigstens noch wie unser langer, schlaksiger Vater aussah, und sein musikalisches Talent geerbt hatte, glich ich niemandem aus der Familie. Egon meinte, ich sei ein Mutant. Aber auch ich hatte in Biologie aufgepasst. Ich sah eher wie ein Schuldbekenntnis meiner Mutter aus. Ich fragte mich, ob mit der Zahnbürste meines Vaters ein Vaterschaftstest gemacht werden konnte. Wenn Egon im Moment nicht so unerträglich gewesen wäre, hätte ich ihn nach seiner Meinung gefragt.

Mein Bruder war deprimiert. Elfie ignorierte ihn. Sie schien mit Dobrowsky eine Affäre zu haben. Normalerweise hätte ich versucht, ihn aufzuheitern, aber Egon liess seine schlechte Laune an mir aus. Er giftete mich an mit Andeutungen über Frauen, die sich ihren Weg nach oben schliefen.

„Was genau willst du damit sagen?“, zischte ich.

„Zuerst Dobrowsky, dann Lindemann“, sagte er gehässig.

„Hmm“, antwortete ich schuldbewusst. Obwohl er mir mit Lindemann Unrecht tat.

Lindemann hatte mich gestern nach der Arbeit zu sich zum Essen eingeladen. Er war ein miserabler Koch. Mir war klar, dass er mir an die Wäsche wollte, aber nicht direkt fragen mochte. Egon hatte mitbekommen, wie ich zu später Stunde aus Lindemanns Wohnung geschlichen war. Es war so spät geworden, weil Lindemann Ewigkeiten gebraucht hatte, um aus einer Dose Tomatensauce und Nudeln etwas Essbares zu machen. In diesem verdammten Personalhaus war Privatsphäre ein Fremdwort. Wenn es nicht eine dieser vertrockneten Jungfern war, die einem auflauerten, dann die Verwandtschaft. Zum Glück hatte Dobrowsky eine richtige Wohnung ausserhalb. Egon dürfte meine Eskapade mit ihm nicht mitbekommen haben.

„Woher weisst du von Dobrowsky?“, fragte ich. Egon rollte die Augen, schlug sich wie ein Gorilla auf die Brust und schrie: „Auf Agnes, auf Agnes!“

Ja, dann.

Ich räumte ein, dass ich einen oder zwei Fehler begangen hatte. Lindemann war nicht wirklich mein Typ. Es war nur so, dass ich mich einsam fühlte.

Lindemann richtete es so ein, dass wir möglichst viel Zeit zusammen verbrachten. Es tat mir gut, umschmeichelt zu werden. Ich assistierte ihm bei seinen Eingriffen. Nichts Grosses.

Ich merkte, dass ich zu viel redete. Ich war Egon keine Rechenschaft schuldig. Wütend stapfte ich davon und liess ihn stehen. Ich hatte Lindemann versprochen, um fünfzehn Uhr in seinem Sprechzimmer zu sein.

„Schaust du noch bei Frau Sommer vorbei“, sagte Lindemann statt mich zu begrüssen. „Das ist die, die ich wegen der Eileiterschwangerschaft operiert habe.“

„Weisst du, bei einer Eileiterschwangerschaft muss man sehr rasch reagieren“, erklärte er zum zigsten Mal. Ich rollte unwillkürlich die Augen und machte mich auf zur Intensivstation. Lindemann redete ununterbrochen von dieser Operation. Er schien selbst zu glauben, er sei ein Held.

Als ich eintrat, war Frau Sommers Bett leer. Für einen kurzen Moment dachte ich, die Frau wäre gestorben. Ich eilte zum Stationsarzt.

„Hallo Agnes“, grüsste er. Ich kannte ihn von meiner letzten Praktikumsstelle her.

„Wenn du Frau Sommer suchst, es geht ihr gut. Wir konnten sie auf die Abteilung zurückverlegen. Es ging uns langsam auf den Sack, dass Lindemann alle fünf Minuten hier aufkreuzte.“ Dann grinste er breit:

„Apropos Lindemann ... Sag mal, hast du auch mal von dieser Cucaracha Geschichte gehört?“ Ich horchte auf.

„Wir hatten sie als Fallbeispiel in einer Weiterbildung. Dachte immer die Geschichte wäre erfunden.“ Er hielt mir eine medizinische Zeitschrift hin. „Da, schau mal, der Fall wurde sogar publiziert. Er wird zwar nicht namentlich erwähnt, aber Dobrowsky hat gerade erzählt, unser Lindemann sei die berühmte Cucaracha. Er blätterte in der Zeitschrift herum, bis er den Artikel fand. „Mann, der ist so was von erledigt ... Aber so was von ...“, murmelte er grinsend.

Als mich an diesem Abend Lindemann schüchtern fragte, ob ich auf einen Kaffee zu ihm käme, brachte ich es nicht übers Herz, ihn abzuwimmeln.

Für einen Kaffee war es mir schon zu spät am Abend. Ich holte rasch zwei Flaschen Bier aus Egons Kühlschrank, um den Abend mit Lindemann besser zu überstehen.

Seine Wohnung im Personalhaus war deutlich sauberer geworden seit gestern. Die Socken und Unterhosen, die ich unter seinem Bett gesehen hatte, waren verschwunden. Ich nahm das Bier aus der Plastiktüte. Es war immer noch kalt. Lindemann wirkte unentschlossen, als er die Flaschen in meiner Hand sah, zuckte dann die Schultern und öffnete beide. Wir machten es uns auf dem winzigen Balkon gemütlich. Der Ausblick auf ein paar graue Gebäude war unspektakulär, aber es war schön warm in der Abendsonne. Ich schloss die Augen.

Als ich die Augen wieder öffnete, sah Lindemann wie ein Häufchen Elend aus. Wenn ich nicht sicher gewesen wäre, dass er erst ein paar Schlucke genommen hatte, hätte ich gesagt, er sei betrunken. Er sprach verwaschen, sein Blick war glasig.

„Ich war, bevor ich nach Blumenthal kam, sechs Jahre an der Universitätsklinik." Er nahm noch einen Schluck und schaute traurig auf die Flasche.

„Ich bin nicht der Typ, der seine Ellbogen einsetzt. Ich bin eher der Wissenschaftler." Das erklärte viel. Im Klartext, der Mann hatte keine Ahnung vom echten Leben. Weder beruflich, noch privat.

„Ich möchte dir etwas erzählen, was niemand hier in Blumenthal weiss. Bis auf Dobrowsky." Ich wünschte mich weit, weit weg.

Wohl oder übel hörte ich mir an, wie er mit der einen Hand in der Vagina einer Patientin gesungen und getanzt hatte. Ohne zu merken, dass sein Chef und der Ehemann der Frau zuschauten. Es quälte mich, mir so etwas Peinliches anhören zu müssen. Ich an seiner Stelle hätte mir die Kugel gegeben. Aber echt.

Während Lindemann erzählte, war die Sonne untergegangen. Es wurde kühl auf dem Balkon. Er schwieg eine Weile. Er sah so fertig aus, dass ich meinen Arm um seine Schulter legte. Wir gingen in die Wohnung. Männer in seelischer Not appellieren an meine Beschützerinstinkte. Ich begann ihn zu streicheln. Was nachher passierte, ist eine andere unrühmliche Geschichte.

***

„Sie hatten Sex mit Lindemann?", fragte ich Agnes unumwunden. Es hörte sich vermutlich tadelnd an, was nicht meine Absicht war. Die Sache war ihr unangenehm genug. Ich wollte es bloss richtig verstehen. Mit Lindemann war neben Dobrowsky noch ein möglicher Vater für Nicole aufgetaucht.

Ich mässigte meinen scharfen Tonfall und erkundigte mich nach ihrem Bewerbungsgespräch, das sie am Tag zuvor geführt hatte.

Meine Gedanken waren bei Gerald. Ich war ausser mir vor Wut. Am Morgen war der Bericht des Privatdetektivs gekommen, den ich auf Gerald angesetzt hatte. Keine Ahnung, was ich mir vom Herumschnüffeln in Geralds Leben erwartet hatte. Ein bisschen Dreck, mit dem ich ihn unter Druck setzen könnte. Irgendetwas Peinliches oder Illegales.

Der Ermittler hatte herausgefunden, dass Gerald in England zwei Kinder im Alter von dreissig und achtundzwanzig Jahren hatte. Ein Enkelkind gab es auch. Mein Anwalt, der Gerald für so etwas wie einen genialen Filou hält, gab sich schockiert. Er meinte aber, das tue im Scheidungsprozess nichts zur Sache.

Kapitel 12

Frau S. wollte wissen, wie das Interview mit Koller gelaufen war. Agnes rutschte im Sessel hin und her.

„Ich glaube, das wird nichts“, sagte sie schliesslich.

Frau S. wirkte ausser sich. Entweder konnte sie es nicht fassen, dass Agnes nur aus Mitleid mit Lindemann geschlafen hatte oder sie war über das Bewerbungsgespräch enttäuscht. „Wenn ihr das Ganze derart an den Nieren frisst, überreagiert sie eindeutig“, dachte Agnes. Gestern war sie nach Blumenthal gefahren. Im Grunde genommen war es nicht schwierig gewesen.

„Hauptsache, ich habe es hinter mir“, erklärte Agnes der Psychiaterin. „Koller hatte eine vakante Stelle, ich war arbeitslos. Ich war verzweifelt. Koller ebenfalls. Er tat nicht so, als ob er mich gerne anstellte. Er machte mir klar, dass ich seine letzte Wahl war, weit hinter einem polnischen Psychiater und einem kosovarischen Sportarzt, die beide nicht Deutsch konnten. Als diese keine Arbeitsbewilligung bekamen, war nur noch meine Kandidatur übrig geblieben. Ich verkniff mir die Bemerkung, dass es mir mit ihm genauso ging.“

Agnes fiel auf, dass sich die Falten um den Mund der Psychiaterin vertieft hatten. Sie sah aus wie jemand, der unendlich enttäuscht worden war, dachte Agnes. Sie nahm nicht ernsthaft an, dass ihre Affäre mit Lindemann, oder ihre Unfähigkeit eine Stelle zu finden, der Grund dafür waren. Sie überlegte, ob sie Frau S. fragen sollte, wie es ihr ging, traute sich aber nicht. Wahrscheinlich würde sie es ihr nicht erzählen wollen.

„Haben Sie auch Lindemann wieder getroffen?“, fragte Frau S. Agnes bejahte.

„Wir waren gerade an der Stelle des Bewerbungsgesprächs, dass ich die allerletzte sei, die Koller anstellen wollte. Da klopfte es an der Türe. Alois Lindemann kam herein und blieb wie angewurzelt stehen.“

Frau S. dachte, wie unangenehm das Ganze für Agnes sein musste. Ihre Gesichtszüge wurden milder. Agnes informierte sie, dass sie als Koller weitererzählen wollte. Frau S. nickte.

***

„Du bist ein Monster“, schrie meine Frau entsetzt. Ich schnappte nach einem Schaumkrönchen in der Jacuzzi Badewanne des Hotelzimmers. Es war schon spät, aber ich mochte das warme Wasser noch nicht verlassen. Wenn Astrid endlich die Klappe halten würde, wäre mein Glück perfekt gewesen.

„Aber natürlich werden die Schweine noch in derselben Narkose getötet, Astrid. Es sind schliesslich Schlachttiere“, erklärte ich ungeduldig.

Meine Frau war den Tränen nahe. Gerade als sie ihr Spiegelei mit Speck in den Mund führen wollte, erwähnte ich, dass sie wahrscheinlich genau das Schwein ass, das wir gestern operiert hatten. Das war natürlich ein Scherz gewesen. Empört schob sie den Frühstücksteller beiseite und begann sich hastig umzuziehen. Sie bereute sicher schon, dass sie überhaupt gefragt hatte, was wir im Kurs taten.

Ich rekelte mich und sah Astrid zu, wie sie ihren blassrosa Bikini anzog. Ärgerlich drehte sie sich weg, als sie meinen Blick bemerkte. Sie hüllte sich in den flauschigen Bademantel und stakste steifbeinig in ihren hochhackigen Sandalen aus dem Hotelzimmer. Ich war wieder einmal in Ungnade gefallen.

Ich blies übermütig die Luftbläschen an und wackelte mit den Zehen. Früher, als meine erste Frau mich nach einem Streit mit eisigem Schweigen bestrafte, hatte ich mich gleich in einen bettelnden Jammerlappen verwandelt. Gegen Astrids Launen war ich vollkommen immun. Nicht mal mit einem Sexverbot konnte sie mich erpressen. Ich drehte mich dann auf die andere Seite und schnarchte, um sie zu ärgern. Wenn sie dann ihr letztes Register zog und anfing zu weinen, langweilte mich das nur noch. Und wenn ich mich langweilte, konnte ich auf der Stelle einschlafen. Ich weiss, es war nicht nett, aber so war es nun mal. Zu Astrids Pech war ich abgehärtet wie Stahl. Ich war nicht mehr der sensible junge Mann, der sich wegen Marion die Augen ausgeheult hatte. Nachdem mich Marion verlassen hatte, war ich erst Jahre später imstande gewesen, wieder mit einer Frau zusammen zu sein. Ich hatte dann die erst Beste geheiratet, weil ich nicht mehr allein sein mochte. Die Zeit mit meiner ersten Ehefrau hatte mich dann zu dem Stahl geschmiedet, der ich heute war.

Ich schob die unerfreulichen Erinnerungen beiseite. Gerade heute Morgen hatte ich mir vorgenommen, mich durch nichts mehr auf der Welt aus der Ruhe bringen zu lassen. Damit diese neue Weisheit richtig sass, brauchte ich noch etwas Erfahrung. Astrid bot sich als hervorragendes

Übungsobjekt ab. Sie würde sich bis zum Mittagessen wieder beruhigen. Immerhin kam sie durch mich in den Genuss dieser Ferien in einem Fünfsternenhotel.

Dobrowskys Gefasel über die Operationen durch Bauchspiegelung hatten mich in Alarmstufe Rot versetzt. Man konnte gegen den Kerl sagen, was man wollte, aber er hatte immer eine Nase für solche Sachen gehabt. Das musste man ihm lassen. Heimlich hatte ich dann diesen Kurs gebucht. Wir übten eine Woche lang Bauchspiegelungen an Schweinen und die Firma, welche die Instrumente für die Operation herstellte, übernahm netterweise die schweinisch teuren Kurskosten. Die Unterkunft in der Luxussuite mit Jacuzzi Badewanne war inbegriffen.

Den Theorieteil heute Morgen hatte ich wegen dieses Streites mit Astrid verpasst. Für den praktischen Teil stand uns ein komplett eingerichteter Operationssaal zur Verfügung. Nachmittags übten wir die Eingriffe jeweils in Zweiergruppen.

Ich trat ein und schaute mich nach einem leeren Platz um. Es befanden sich zehn mit grünen Tüchern abgedeckte Tische im Saal. Durch die freigelassene Stelle in der Mitte der Tücher schaute rosiges Fleisch hervor. Am Kopfende der Operationstische waren kleine Vorhänge angebracht. Dahinter sassen die Anästhesisten mit den rüsselförmigen Masken in der Hand und beatmeten die Tiere.

Wie alle anderen zog ich mir einen grünen Operationsmantel und Gummihandschuhe an. Ich gesellte mich zu einem allein stehenden Kollegen.

Ich kannte ihn flüchtig von früheren Weiterbildungen. Er hiess Christoph, war ein netter Kerl und, wie ich, Chefarzt in einem Provinzkrankenhaus. Ein Leidensgenosse, also. Gutgelaunt wünschten wir einander einen guten Morgen.

Der Anästhesist tätschelte liebevoll den kurzen rosigen Hals unserer Patientin und sagte:

„Ihr müsst noch etwas warten. Sie ist noch nicht stabil.“ Ich fragte Christoph nach den Vorträgen vom Morgen.

„Ein Firmenvertreter hat verschiedene Instrumente vorgeführt“, erklärte er. „Da ist eine Schere, mit der kannst du gleichzeitig etwas festhalten und schneiden. Ganz schön raffiniert.“ Er demonstrierte es an einem Stück Gazestreifen.

„Dann hat ein Wichtigtuer über alle möglichen Komplikationen berichtet, die passieren könnten.“ Ich blieb gelassen. „Kenne die Sorte, habe so einige am Hals. Wer am offenen Bauch operieren kann, kann es auch durch die Gucklöcher“, sagte ich. Mit diesem Spruch hatte Odermatt Dobrowsky kalt abserviert, als er sich wichtigmachen wollte. Christoph lachte.

„Wir tragen alle unser Kreuz.“ Sein Kreuz sei der Trend, Vaginalpilze mit Salatsauce und Myome mit Wattestäbchen zu behandeln.

„Die Patientinnen verlangen heute Kochrezepte statt Operationen", antwortete ich mitfühlend.

Der Anästhesist gab grünes Licht und ich machte einen kleinen Schnitt unter dem Bauchnabel. So wie es uns am ersten Kurstag erklärt worden war, führten wir durch den Schnitt eine Kanüle hinein und begannen den Bauch mit Gas zu füllen. Als der Bauch wie ein prallgefüllter rosa Luftballon aussah, stachen wir mit den verschiedenen Instrumenten hinein. Wie Kaktusstacheln standen sie in alle Richtungen ab. Christoph sinnierte:

„Es gibt sogar einen Schutzheiligen für die Aufgespiessten. Nenn mich von jetzt an den heiligen Christoph." Offenbar liebte er biblische Vergleiche. Gemeinsam machten wir uns auf die Suche nach den Eierstöcken. Was sich in der Bauchhöhle tat, konnten wir auf einem Bildschirm mitverfolgen. Doch so viel wir auch herum wühlten, ausser gewaltig geblähten Darmschlingen war nichts zu sehen. Ein Instrukteur schnalzte nach einem Blick auf den Bildschirm missbilligend mit der Zunge.

„Haben Sie vor dem Einführen der Instrumente kontrolliert, ob Sie wirklich in der Bauchhöhle sind?" Verlegen zuckten wir die Achseln.

„Sehen Sie, Sie haben den Darm angestochen und das ganze Gas rein gepumpt. Wir müssen alle Instrumente entfernen und so viel Luft rauslassen, wie es geht. Im Ernstfall hätten Sie jetzt eine Schadenersatzforderung am Hals. Diese Patientin wird Sie nicht anklagen. Sie haben Glück", erklärte er.

Ohne Vorwarnung schraubte er das Ventil ab. Mit einem zischenden Laut entwichen einige Liter Darmgase. Christophs Gesicht nahm eine ähnliche Farbe an wie sein Operationsmantel. Auch mir drehte sich der Magen um, obwohl ich etwas weiter weg stand. Ungerührt sagte der Instrukteur:

„Um etwas Zeit zu sparen, werde ich für Sie die Instrumente setzen."

„So ein Pedant", murmelte Christoph, als er sich wieder entfernt hatte. Schweigsam operierten wir weiter.

„Ich sehe ihn!", frohlockte Christoph. Vorsichtig fasste ich den weisslich schimmernden Eierstock am Stiel. Zu spät merkte ich, dass ich das Instrument mit der Schere erwischt hatte. Im gleichen Moment schoss eine Blutfontäne heraus und füllte sofort die ganze Bauchhöhle. Der Anästhesist rief voller Panik nach einem Instrukteur. Leider kam wieder der gleiche Typ wie vorher.

„Ai, ai, ai, ai, ai!", sagte er und begann sofort mit der Blutstillung. „Saugen!", befahl er mir.

„So, hab` ich dich!", rief er nach einiger Zeit triumphierend. „Der Eierstock ist jetzt natürlich im Eimer, dafür verblutet sie nicht mehr. Eine echte Patientin würde Sie natürlich trotzdem anklagen! Mit Erfolg!"

Lustlos, aber ohne weitere Zwischenfälle setzten wir die Operation fort. Der Anästhesist trieb uns immer wieder zur Eile. Es gelang uns, den anderen Eierstock zu fassen. Doch plötzlich entleerte sich eine stinkige, bräunliche Brühe in die Bauchhöhle.

„Scheisse!", rief der heilige Christoph erschrocken. Der Instrukteur, der gar nicht mehr von unserer Seite gewichen war, warf einen Blick auf die Brühe.

„Sie haben Recht, es ist Scheisse", erklärte er. „Jetzt haben Sie es geschafft, ein Loch in den Darm zu machen. Ich zeige Ihnen, wie Sie es wieder flicken können. Dumm kann man sein, man muss sich nur zu helfen wissen, wie meine Mutter zu sagen pflegt."

Als die Operation fertig war, sagte Christoph:

„Um operieren zu können, muss man wissen, wie man mit Komplikationen fertig wird."

„Eben!", sagte ich.

Nach dem Kurs ging ich zurück zum Hotel. In der Lobby entdeckte ich jemanden, der mir sehr bekannt vorkam. Odermatt sass mit dem Rücken zu mir in dichtem Zigarettenqualm und las eine Zeitung.

„Was machst du denn hier?", fragte ich überrascht. Er hustete, der Rauch trat ihm aus Mund und Nase. Er gab zu, dass er den Bauchspiegelungskurs für Chirurgen besuchte.

Auf einmal fühlte ich mich nicht mehr einsam. Ich hatte nicht vor, Dobrowsky das Feld zu räumen, damit er sich in meiner Klinik breit machen konnte. Ich verabredete mich mit Odermatt zum Nachtessen. Auch zu meiner Frau Astrid gelobte ich netter zu sein.

Kapitel 13

Frau S. machte immer noch ihr verkniffenes Gesicht. „Ob sie doch sauer ist auf mich, dass ich mit diesem oder jenem Ekelpaket geschlafen habe?“, fragte sich Agnes verunsichert. Sie konnte sich nicht vorstellen, dass Frau S. mit Männern mehr Glück hatte als sie. Wozu sonst diese Telefonate mit dem Anwalt? Sie hatte Frau S. gefragt, ob sie Kinder habe. Frau S. war steif geworden wie ein Brett. Also etwas steifer als sie sonst war. Nein, habe sie nicht, hatte sie geantwortet.

„Jetzt erzählt Agnes weiter“, sagte Agnes kleinlaut und fuhr fort:

***

Am Montagmorgen tauchte Koller aus der Versenkung wieder auf. Er wirkte heiter, gelassen und wohlgenährt wie ein Buddha. Alfred erschien wie gewohnt zehn Minuten zu spät zum Morgenrapport. Betont umständlich kroch er herein, als würde ihm das Laufen unendliche Qualen bescheren. Als er in seinen Krücken hing und herzzerreissend seufzte, bot ihm Koller einen Stuhl an. Egon spielte mit einem tiefgekühlten Blutbeutel, den ihm Schwester Rosa zum Auftauen in die Hand gedrückt hatte. Er liess ihn fallen, der aufgeplatzte Beutel verteilte seinen Inhalt auf dem Boden. Koller sprang zur Seite und sagte bloss: „Oha!“

Koller lobte Lindemann für die hervorragende Arbeit in seiner Abwesenheit. Lindemann errötete wie eine junge Braut, sah aber trotzdem stinkig aus. Es war nur eine Frage der Zeit, bis Koller von der Cucaracha Affäre erfuhr.

Ich versuchte Lindemann aus dem Weg zu gehen. Nach dem Morgenrapport hängte ich mich an Egon, der es genauso eilig hatte, Lindemann zu entwischen. Alfred humpelte uns nach. Als ich einen verstohlenen Blick zurückwarf, sah ich Lindemann. Mit hängenden Schultern und gebeugtem Rücken schaute er uns nach. Ich hatte meine besonderen Gründe, seine Nähe zu meiden, zudem klebte an ihm diese Cucaracha Geschichte wie ein übler Geruch.

Wir hatten noch Zeit für einen Kaffee, bevor die Chefarztvisite anfing. Martin sass in seinem Rollstuhl an einem Tisch und Kemal strich ihm ein Brötchen. Egon und ich holten eine heisse Schokolade für Martin und Kaffee für die anderen. Inzwischen hatte sich auch Elfie zu ihnen gesetzt. Vorsichtshalber nahm ich Egon das Tablett aus den Händen, bevor er wieder über seine langen Beine stolpern konnte. Er setzte sich so weit weg von Elfie wie es ging.

„Lindemann sieht beschissen aus“, sagte Alfred.

„Er sah schon immer wie eine Scheisskakerlake aus“, brauste Martin auf. Seine Wut galt nicht Lindemann. Er war frustriert, weil er noch auf unbestimmte Zeit im Krankenhaus bleiben musste. Schlecht gelaunt, bleich und mit geröteten Augen kaute er an seinem Brot herum. „Wenigstens hat er noch zwei Beine, auf denen er laufen kann.“

Alfred klopfte ihm auf den Rücken. „Du bist noch jung, Kumpel, in ein paar Jahren wirst du darüber lachen. Ich hingegen ...“ Alfred zeigte auf seine Krücken. „Meine Karriere ist im Eimer, meine Ehe kaputt, meine Gesundheit im Arsch ..."

Martin sah aus, als würde er gleich Alfred seine volle Tasse an den Kopf schmeissen. Um das Thema zu wechseln, sagte ich:

„Lindemann mag eine Nervensäge sein, hat es aber nicht verdient, dass er zum Gespött gemacht wird."

„Spar dir dein Mitgefühl", riet mir Egon.

„Ja, für mich zum Beispiel", sagte Martin. Seine Unterlippe zitterte.

„Oder für mich", riefen Egon und Alfred gleichzeitig. Kemal sagte nichts. Er vergrub sein Gesicht in den Händen. Seine Schultern sackten nach vorne.

„Kemal geht es gar nicht gut", sagte Martin überflüssigerweise. Die Jungs waren sich rasch einig, dass Kemal etwas Aufmunterung brauchen könnte. Nachdem ihm jeder mehr oder weniger heftig auf die Schulter geklopft hatte, fragte Elfie, was ihn bedrückte.

Kemal war für das Studium in die Schweiz gekommen, hatte aber die Aufnahmeprüfungen nicht geschafft. In die Türkei zurück wollte er nicht, weil er dort Mist gebaut hatte. Auch seine Familie wollte ihn nicht mehr sehen. Was er getan hatte, wollte uns Kemal nicht verraten. „Mist, eben", sagte Martin.

Als sein Visum ablief, tauchte er bei seinem Cousin Kemal unter. Sie kamen anscheinend aus einer fantasielosen Familie, in der jeder zweite Kemal hiess. Die beiden hatten auch denselben Nachnamen. Der andere Kemal war drei Jahre älter und sah unserem Kemal ähnlich. Der Cousin war mit einer älteren Dame eine Scheinehe eingegangen. Inzwischen hatte er genug von der Schweiz und wollte wieder zurück in die Türkei. Seine Eltern lebten nicht mehr. Sein Onkel, Kemals Vater, würde ihn anstelle seines missratenen Sohnes gerne aufnehmen.

Martin, der neben Kemal sass, formte mit den Lippen: „Schwul“ und zeigte mit dem Finger auf Kemals Hinterkopf. Ich musste mir das Lachen verkneifen. Auch Elfie bekam rote Wangen, als sie mühsam einen Lachanfall unterdrückte. Kemal zu Liebe beherrschten wir uns.

Die beiden Cousins tauschten ihre Identitäten. Mit seinem neuen Ausweis bekam er die Stelle als Postbote im Krankenhaus. Alles schien gut zu werden. Kemal war neunzehn und hatte sich unter älterer Dame eine Dreissigjährige vorgestellt. Dass sein Cousin nicht ganz ehrlich zu ihm gewesen war, merkte er erst später, als ihn seine Frau anrief und ihn treffen wollte.

Im Moment lag seine Frau auf der Intensivstation. Sie hiess Berta und war über Neunzig. Die Fremdenpolizei war hinter Kemal her, weil der Verdacht auf eine Scheinehe nahelag. Die Familie seiner Frau verfolgte ihn ebenfalls, und die betagte Dame drohte ihm mit einer Anzeige, falls er sie weiterhin vernachlässigte. Er rief seinen Cousin an. Dieser riet ihm, die Ehe zu vollziehen, damit sie rechtskräftig sei.

„Du weisst aber, dass er dich verarscht hat, oder?“, fragte Alfred.

„Ja, schon, aber zuerst wusste nicht.“

„Als ich ihn kennen lernte, hatte er Albträume deswegen. Aber der Psychologe im Krankenhaus hat ihn beruhigt“, erklärte Martin.

Ich hätte gerne mehr über diesen Psychologen erfahren. Ich wollte aber nicht, dass Egon mein Interesse an dem gut aussehenden Typen mit den unwahrscheinlich blauen Augen mitkriegte. Ich fragte mich allerdings, warum er betagte Damen besuchte, die alles andere als bedrückt wirkten. Wenn die Oma Kemal solche Angst einjagen konnte, war sie bestimmt nicht depressiv.

„Ich fühle mich wie ein gekochtes Huhn“, sagte Kemal.

„Pischmisch tavuk“, riefen wir alle wie aus einem Mund und lachten.

Kemal schien sich wieder gefasst zu haben. Wir mussten ihn im Moment seinem Kummer überlassen. Die Chefvisite wartete. Sie verlief ereignislos. Die Abteilung war beinahe leer. Kollers Gemütszustand verdüsterte sich bei jedem leerstehenden Bett noch etwas mehr. Am Ende hatte er seine gewohnt üble Laune erreicht.

Am Nachmittag rief Fräulein Sarah an und bestellte mich zu Koller. Eigentlich habe sie mit meinem Bruder sprechen wollen, aber der sei nicht erreichbar, sagte sie pikiert. Ja klar, Egon war in der Physiotherapie bei Elfie. Ich hatte ihm geraten, irgendwelche Schmerzen vorzutäuschen. Aber so wie ich meinen Bruder kannte, würde er wahrscheinlich aus Versehen die Liege anzünden.

Fräulein Sarah wollte wissen, ob Egon in einer professionellen Band spielte, die an Hochzeiten auftrat.

„Ja, tut er. Wollen Sie Hochzeit feiern, Fräulein Sarah?“, fragte ich verwundert.

Nein, wollte sie nicht. Aber der Chef hatte demnächst seinen Hochzeitstag. Zugleich war es sein Geburtstag. Ich verdrehte die Augen. Welcher Langweiler würde an seinem Geburtstag heiraten. Jedenfalls wollte Koller seine Frau mit einem Fest überraschen. Und er wollte gerne hier im Krankenhaus feiern. Die Band, die sonst für solche Anlässe spielte, war aber über Monate ausgebucht.

Das alles musste Koller heute noch vor der Visite gesagt haben. Bevor er gemerkt hatte, dass sein Oberarzt zur Lachnummer mutiert und seine Klinik im Arsch war.

Ich wusste nicht so recht, was ich tun sollte. Ich traute Egon und seiner Band durchaus zu, eine tolle Vorstellung zu geben. Das wäre eine grossartige Chance für meinen Bruder, sich zu beweisen. Er könnte mit seiner Musik Elfie verführen. Er könnte endlich Koller und allen anderen zeigen, dass er nicht der Trottel war, für den sie ihn hielten.

Sie würden proben müssen. Viel, oft und streng proben müssen. So viel ich wusste, hatte Egon mit Reto, dem Schlagzeuger, Streit. Mein Bruder hatte ihm als Entschädigung für irgendwelche Partydrogen, die er versehentlich eingeworfen hatte, Morphin aus der Apotheke des Krankenhauses versprochen. Manchmal könnte ich diesem Trottel von hier bis Zürich in den Arsch treten.

Ich sagte Fräulein Sarah in Egons Namen zu. Ich musste mit Egons Kumpel Theo reden. Mein Bruder hatte früher mit ihm zusammen gewohnt. Seit Jahren spielten die zwei und Reto in Theos Garage. Theo war ein sehr netter Kerl. Er beschenkte mich seit Langem mit Haschischkeksen, weil ich ihn ein Machoschwein genannt hatte. Ich weiss, das macht keinen Sinn, aber so war Theo.

Ich erinnerte mich, dass Theos ältere Schwester früher in der Band gesungen hatte. Laut Egon hatte sie eine hammermässig heisse Stimme. Dank ihr zogen sie einige Aufträge an Land. Irgendwann bekam sie aber genug von den unzuverlässigen Jungs. Ich erinnerte mich an verlegte Saxophone, verwechselte Termine, nicht auffindbare Bandmitglieder und eine hysterisch kreischende Frauenstimme am Telefon. Aber inzwischen waren die Jungs ja älter, reifer.

Ich liess das Telefon lange klingeln. Gerade als ich auflegen wollte, meldete sich Reto mit einer Stimme wie ein Sack voll rostiger Nägel. Zuerst weigerte er sich, um diese Tageszeit überhaupt etwas zu tun und wollte wieder auflegen. Dann überlegte er es sich doch anders und rief jemandem zu, Theos Arsch ans Telefon zu holen.

Theo wurde schlagartig wach, als er meine Stimme am Telefon erkannte. Er brauchte eine Weile, sich zu beruhigen und noch eine weitere Weile, sich für meinen Vorschlag zu erwärmen.

„Ich weiss nicht“, sagte er skeptisch. „Es ist lange her, dass meine Schwester bei uns mitgemacht hat. Sie arbeitet ziemlich viel in letzter Zeit.“

Ich erinnerte mich, dass Sie auch Ärztin war. Ihr Name fiel mir nicht mehr ein. So ähnlich wie Marilyn. Ich stellte mir eine dralle Blondine in einem weissen Kleid vor, die an Kollers Tisch „Happy Birthday, Mister President“, sang und mit den Wimpern klimperte. Das wäre einfach perfekt.

Ich versprach Theo, dass ich nie wieder erwähnen würde, dass er sich mir gegenüber wie ein gemeiner Macho benommen hatte. Theo blieb skeptisch.

„Ich weiss nicht, ob Marion mitmacht. Krankenhäuser deprimieren sie, sagt sie immer."

Inzwischen war Reto soweit wach geworden, dass er merkte, dass Egons Schwester an der Leitung war. Er schnappte sich den Hörer:

„Dein Bruder schuldet mir was", knarzte er heiser. Wir kamen ins Geschäft. Reto würde dafür sorgen, dass die Band spielte und zwar mit Marion, der Sängerin mit der hammermässig heissen Stimme. Als Gegenleistung würde ich ihm Drogen besorgen, die sich auf der Gasse verkaufen liessen.

Entweder hatte Reto keine Ahnung, dass ich nicht mal in die Nähe der Betäubungsmittel kam. Oder es war ihm egal, wie ich es anstellte. Ich hatte nicht vor, in der Apotheke einzubrechen. Aber es würde sich eine Lösung finden. Hoffte ich.

Später traf ich in der Cafeteria Kemal und Martin. Ich setzte mich zu den beiden und erzählte ihnen was ich mir eingebrockt hatte.

Martin lachte. „Du solltest dich statt d'Estrées, Lady Stress nennen." Kemal schien es zu beruhigen, dass auch andere Mist bauten.

„Also, den Teil mit den Drogen kannst du mir überlassen", sagte Martin. „Ich weiss, wo sie das Zeug aufbewahren. Die Nachtschwester hat einen Schlüssel. Sie lässt ihn immer wieder im Büro liegen. Das nächste Mal, wenn sie mit Dobrowsky rummacht, schnappe ich mir den Schlüssel."

„Auf gar keinen Fall machst du so etwas!", rief ich. Martin zuckte mit den Achseln. „Wenn sie mich schnappen, fange ich an zu weinen und sage, ich hätte soo starke Schmerzen gehabt und die Nachtschwester habe sich nicht um mich gekümmert. Ich bin ein Kind, mir glauben die das."

„Achtung, dein Chef kommt", sagte Kemal in diesem Moment zu mir.

Zu meinem Schrecken marschierte tatsächlich Koller direkt auf uns zu. Umständlich nahm er Platz und fing an, mich wegen Egons Band auszufragen. Es schien, als wollte er seine Frau wirklich mit der Party überraschen. Der Haussegen musste schon sehr schief stehen, dass er sich derart bemühte. Wahrscheinlich war er letzte Woche wirklich fremdgegangen.

Koller kam zum Schluss, dass die Band seinen Ansprüchen genügte. Ich hatte das unangenehme Gefühl, dass er mich für den Erfolg der Musiker verantwortlich machen würde. Er schien mich für eine Art Agentin zu halten. Mir blieb nur die Flucht nach vorne.

„Ja, klar", sagte ich. „Es sind Profis. Sie hatten schon unzählige Auftritte."

„Wie heisst das Ensemble?"

„Das was? Ach so, ja also..."

„Lady Stress und Ecstasy", half Martin mit seinem strahlenden Engelslächeln aus.

Koller schaute ihn irritiert an, dann nickte er ergeben.

***

Der Sommerabend war wie geschaffen für ein lauschiges Fest. Der Garten bot genug Platz für die Tische und eine Tanzfläche. Elfie und ich halfen bei der Tischdekoration. Sie wirkte niedergeschlagen. Mir war nicht entgangen, dass sie verstohlene Blicke auf die Bühne warf, wo die Band gerade ihr Equipment auspackte.

„Egon sieht aus, als könnte er Hilfe brauchen", sagte ich. Elfies Gesicht hellte sich auf. Gerade, als sie zu Egon gehen wollte, sahen wir Dobrowsky, der sich uns mit energischen Schritten näherte. Der Verwalter lief einige Schritte hinter ihm. Elfie erstarrte. Ich fühlte mich wie Amor, der alle seine Pfeile danebengeschossen hatte.

„Ach, da seid ihr ja!", rief Dobrowsky. „Steckt ihr zwei wieder unter einer Decke?" Warum bloss hörte sich das aus seinem Mund wie eine Obszönität an?

Dobrowsky nahm Elfie beiseite. Er drückte ihr ein Päckchen in die Hand und sagte:

„Nimm alle drei auf einmal. Dann geht es deiner Blase sofort besser!" Er zwinkerte mir zu und entfernte sich wieder, den Verwalter im Schlepptau. Elfies Wangen glühten. Ich wollte nicht, dass sie dieses blöde Medikament nahm. Inzwischen hatte ich von Lindemann erfahren, dass der Verwalter irgendwelche Geschäftsinteressen am Tridon hatte. Er versuchte Ärzte dafür zu gewinnen. Alle hätten sich geweigert, glaubte Lindemann. Ausser Dobrowsky.

Und ich wollte, dass Elfie und Egon ein Paar wurden. Also entschloss ich mich ihr zu erzählen, was nach dem Personalfest vorgefallen war. Und, dass Dobrowsky mir Tridon gegeben hatte. Elfie gestand ihrerseits ihre Eskapaden mit Dobrowsky. Wir lächelten einander schüchtern an.

Ein Trommelfell zerreissendes Kreischen liess uns in diesem Moment zusammenzucken. Egon rief ins Mikrofon: „Soundcheck, one, two, test …", und machte dem Bassisten panische Zeichen.

„Koller wird ihn lynchen, wenn er das Fest vermasselt", sagte Elfie.

Koller und seine Frau Astrid waren schon eingetroffen. Ich hatte keinen Schimmer, wer die Sitzordnung bestimmt hatte. Die Chefärzte sassen mit Begleiterinnen an einem Tisch. Brunners Verlobte Rita war an einem anderen Tisch platziert worden. Alfred stellte einige Namensschildchen um und setzte sich zu ihr. Dobrowsky sass weit entfernt von Koller, neben ihm der Verwalter. Lindemann hatten sie an einen Tisch weit hinten verbannt. Von seiner Ecke aus warf er mir hasserfüllte Blicke zu. Ich hatte ihm erklärt, dass ich mich nicht mehr mit ihm treffen wollte.

Egons Band begann leise Hintergrundmusik zu spielen. Ihre Sängerin war noch nicht eingetroffen. Sie würde erst am späteren Abend kommen, weil sie noch zu arbeiten hatte. Ihre Begeisterung hielt sich immer noch in Grenzen, aber sie hatte sich schliesslich doch zum Mitmachen überreden lassen. Erst hatte sie sich geweigert, als Marilyn Monroe Verschnitt „Happy Birthday" zu singen. Aber Reto konnte sehr hartnäckig sein. Am Ende war Marion bereit, das weisse Kleid mit dem Faltenrock anzuziehen und die Lippen rot zu schminken, nur damit er endlich Ruhe gab. Laut Reto störte dann nur noch ihre Brille.

Wenn die kurzsichtige Marion ihre Brille behalten hätte, wären ihr wahrscheinlich Koller und Dobrowsky im Publikum früher aufgefallen.

Marion hatte die Stimme einer Soulsängerin. Sie sang wirklich schön. Ich freute mich für die Band meines Bruders. Nach einem besonders schönen Stück stimmten sie eine Happy Birthday Version an. Marion stieg von der Bühne herunter und kam auf Koller zu. Noch bevor sie den Tisch erreicht hatte, merkte ich, dass etwas ganz und gar nicht so lief, wie es sollte.

Koller und Dobrowsky starrten Marion an. Mitten im Satz brach Marion ihr Lied ab. Sie kreischte:

„Was machst du denn hier?“ Die Band hörte auf zu spielen.

Dobrowsky und Koller riefen gleichzeitig:

„Marion!“

Marions Augen weiteten sich, als sie merkte, dass auch noch Dobrowsky hier war. Koller versuchte sie zu umarmen. Kollers Frau Astrid verlangte zu wissen, wer diese Person sei. Koller befahl ihr, ihr dummes Maul zu halten.

Marion ergriff die Flucht. Dobrowsky folgte ihr. Koller rief einige Male ihren Namen und folgte dann Dobrowsky. Marion stieg in Retos Kleinbus, gab Gas, fuhr in einen Pfosten, setzte zurück und fuhr weiter. Wahrscheinlich hatte sie ihre Brille immer noch nicht aufgesetzt. Astrid schluchzte, sie lasse sich scheiden von diesem Mistkerl. Der Verwalter warf Dobrowsky Blicke nach wie ein Hund, den jemand an einer Raststätte ausgesetzt hatte.

Die Party fand ein rasches Ende.

Kapitel 14

Gestern, als ich aus der Praxis kam, wartete Gerald auf mich. Ich machte kehrt und wollte davonrennen. Mit seinen langen Beinen holte er mich schnell ein. Ich gab ihm drei Minuten Zeit, um zu sagen, was er wollte. Er sagte, er schäme sich und wolle sich entschuldigen.

„Wofür?“, schrie ich ihn an. „Dass du vergessen hast, deine Kinder zu erwähnen? Oder, dass du dich zwölf Jahre lang hast aushalten lassen?“ Er zuckte mit den Achseln, als wollte er sagen, tja, Baby, so bin ich halt nun mal. Ein bisschen vergesslich und faul. Aber ein netter Kerl.

Mich juckte es, meine Faust in sein Gesicht zu rammen. Stattdessen lief ich davon.

Heute Morgen rief mein Anwalt an und teilte mir mit, Gerald habe den Scheidungsantrag zurückgezogen und sei nach England abgereist.

***

Agnes erzählte:

Nach diesem Wochenende meldete sich Egon am Montagmorgen krank. Der Feigling. Während des Rapports schaute mich Koller immer wieder an, als wäre ich etwas besonders Ekliges, das er in seinem Salat entdeckt hatte. Auch Lindemann versuchte mich nieder zu starren. Ich versteckte mich hinter einem ungewohnt fröhlichen Alfred. Ungerührt vom ganzen Drama um ihn herum lächelte er breit. Am

Samstagabend hatte er mit Rita auf Teufel komm raus geflirtet. Brunner würde ihn umbringen.

Fräulein Sarah platzte in den Rapport hinein. Normalerweise hatte sie da nichts zu suchen. Sie lief zu Koller und flüsterte ihm etwas ins Ohr. Ich verstand die Worte Dobrowsky und Notfall. Koller knurrte und scheuchte uns alle hinaus. In der Cafeteria traf ich auf den Assistenzarzt der Intensivstation. Er konnte sich gar nicht mehr einkriegen vor Lachen über das Fiasko bei Kollers Fest.

„Das war der lustigste Wochenenddienst, den ich je hatte", lachte er. „Dobrowsky liegt übrigens auf der Intensivstation", sagte er dann.

„Was?", fragte ich überrascht. Der Assistenzarzt winkte ab.

„Nichts Tragisches", sagte er. „Er wurde am Sonntag mit einer Blinddarmentzündung eingeliefert. Odermatt musste ihn operieren. Noch auf dem Weg in den OP bekamen sie Streit. Dobrowsky hat Odermatt einen Saufbold genannt. Nicht sehr klug, wenn du mich fragst. Aber, ich glaube, er war selbst nicht ganz nüchtern. Nach der Operation weigerte sich Odermatt, Dobrowsky auf seiner Abteilung aufzunehmen. Sie schickten ihn zu den Internisten. Brunner rastete aus, als er davon hörte und schob ihn auf die Intensivstation. Eine solche Nervensäge kannst du nicht dort lassen. Am Schluss haben wir ihm ein Bett in der Kammer eingerichtet, wo das Material lagert. Jetzt liegt er dort und macht weiter Terror. Zwischendurch erbarmt sich eure alte Nonne und schaut nach ihm. Alle anderen treibt er in den Wahnsinn."

Ich verabschiedete mich. Bald würde die Chefarztvisite beginnen. Heute sollte sie ohne mich stattfinden. Ich fühlte mich der kollektiven Ächtung durch Koller und Lindemann nicht gewachsen. Ziellos lief ich durch die Gänge und landete auf der Geriatrie Abteilung.

Ich fühlte mich miserabel. Meine Periode war noch nicht gekommen. Ich müsste mir unauffällig einen Schwangerschaftstest besorgen. Meine Augen brannten und rannen über. Ich konnte den Tränenstrom nicht mehr stoppen.

Ich bemerkte den Mann erst, als ich fast in ihn hineinlief. Der heisse Typ mit den strubbligen Haaren kam aus einem Krankenzimmer. Ich kannte seinen Namen immer noch nicht. Er gab sich sehr besorgt und verständnisvoll. Wenn ich Kemal nicht falsch verstanden hatte, war er Psychologe. Ich schüttete ihm während eines Spazierganges Rotz und Wasser heulend mein Herz aus.

Ich fand es merkwürdig, dass wir nicht in sein Arbeitszimmer gingen. Oder, dass ich ihn immer wieder bei alten Patientinnen antraf. Oder, dass er keinen Ärztekittel trug. Oder, dass ich seinen Namen immer noch nicht kannte. Aber das alles überlegte ich mir erst sehr viel später, als ich erfuhr, dass im Krankenhaus in Blumenthal gar kein Psychologe angestellt war. Er verabschiedete sich. Das Gespräch mit ihm hatte gut getan, ich fühlte mich nicht mehr ganz so niedergeschlagen.

Den restlichen Tag überstand ich irgendwie. Gegen Abend kroch Egon wieder aus seiner Höhle. Wir assen zusammen und ich ging früh schlafen.

Mitten in der Nacht weckte mich ein Geräusch. Jemand war in meinem Zimmer und wühlte in meinen Sachen herum. Mein Herz hämmerte wild. Ich trainierte seit Jahren Kung Fu. Das Einzige was mir jedoch einfiel war, wie am Spiess zu schreien und dem Eindringling die geburtshilflichen Notfälle an den Kopf zu werfen. Der Mann fluchte unflätig. Mir kam die Stimme vage bekannt vor. Ich machte Licht.

„Reto?“, rief ich halb erleichtert.

„Hast du den Stoff?“, fragte er.

Reto war mir unheimlich. Wir stritten eine Weile herum. Er versprach, mich in Ruhe zu lassen, wenn ich ihm eine Arznei besorgte. Geld wollte er nicht, nur ein bestimmtes Arzneimittel, das er jemandem versprochen hatte. Sobald er meine Zusage hatte, schlich er hinaus.

Ich zitterte noch eine ganze Weile und stand dann aus dem Bett auf. So laut ich mich um diese Zeit traute, klopfte ich an Egons Türe. Statt Egon wurde Fräulein Sarah wach. Sie steckte ihren Kopf durch den Türspalt. Wortlos zog sie ihn wieder zurück, als sie mich sah. Ich stieg in meine Jeans, zog ein T-Shirt über den Kopf und machte mich auf ins Krankenhaus.

Ich überlegte. Die Apotheke konnte ich vergessen. Betäubungsmittel gab es auch auf der Intensivstation. Wenn mich jemand sah, könnte ich behaupten, ich hätte Dobrowsky besucht. Eine lahme Ausrede mitten in der Nacht, mir fiel aber nichts Besseres ein. Unterwegs kam ich am Labor vorbei. Es war um diese Zeit verlassen. Ich ging hinein und durchsuchte einige Schubladen, bis ich fand was ich suchte. Einen Schwangerschaftstest.

Auf der Intensivstation herrschte das reine Chaos. Sie war voll besetzt. Überrascht sah ich einige bekannte Gesichter. Eine deutlich gealterte

Schwester Rosa lief mit Infusionsbeuteln herum. Sie begrüsste mich überrascht.

„Ich muss Herrn Doktor Dobrowsky eine neue Infusion anhängen“, sagte sie. „Er ruft alle fünf Minuten und ich muss dann vom Gebärsaal hier hinaufrennen. Dort liegen mehrere Frauen, die eine Überwachung brauchen.“ Sie sauste an mir vorbei. Dann sah ich Kemal. Sie hatten ihn kommen lassen, weil seine Frau einen Herzstillstand gehabt hatte. Nach einer Defibrillation war sie von den Toten wieder auferstanden. Die alte Dame wirkte erschöpft, war aber wach. Neugierig verlangte sie von Kemal zu wissen, wer im kleinen Zimmer lag.

Dobrowsky klingelte wieder. Ich ging nach ihm schauen, damit Schwester Rosa nicht wieder hier hinauf rennen musste.

„Na endlich“, sagte Dobrowsky, als wäre es völlig normal, dass ich mitten in der Nacht zu seiner Verfügung stand. Das Zimmer war vollgestellt mit Kissen, Infusionsständern, und Verbandmaterial. Auf der einen Seite von Dobrowskys Bett sass in einem Rollstuhl eine täuschend echt aussehende Puppe, die zur Schulung von Herzmassagen benutzt wurde. Auf der anderen Bettseite baumelte an einem Gestell ein Plastikskelett. In ihrer Mitte sass Dobrowsky aufrecht im Bett und fluchte, weil man ihn in diese Abstellkammer gesteckt hatte. Wie es schien, fehlte ihm nichts. Ähnlich wie Berta, wollte er bloss unterhalten werden. Ich tastete unentschlossen nach dem Schwangerschaftstest in meiner Jeanstasche.

Ich ging wieder aus dem Krankenzimmer. Kemal sass immer noch bei Berta, und erzählte ihr von Dobrowsky. Die alte Dame schien sich zu amüsieren.

Sie hatten Gesellschaft bekommen. Elfie war bei ihnen.

„Was machst du denn hier?“, fragte ich überrascht.

„Keine Ahnung, ich ..., ich konnte nicht schlafen. Ich dachte, ich will Dobrowsky endlich mal die Meinung sagen. Aber jetzt, wo ich da bin, traue ich mich nicht“, sagte Elfie.

Kemal schenkte uns köstlich duftenden Kaffee ein. Er hatte ihn stark gesüsst. Wir würden damit die nächsten drei Tage wach bleiben. Kemal schaute verstohlen um sich und drückte mir eine Ampulle in die Hand.

„Morphin“, sagte er. „Kannst du Reto geben.“ Ich fiel Kemal dankbar um den Hals. Wenigstens war ich diese Sorge los. Es waren zwar keine Tabletten, aber ich war mir sicher, dass Reto auch für eine Ampulle Verwendung hatte.

Inzwischen war ich mit Elfie so gut befreundet, dass ich ihr von meinem Drogendeal mit Reto erzählte. Berta lachte gackernd. Für eine Hundertjährige, die noch vor zwei Stunden tot gewesen war, war sie mir entschieden zu aufgeweckt. Elfie sprach leiser. Trübselig rührte sie noch einen Löffel Zucker in ihren Kaffee.

„Ich hatte Streit mit Egon“, sagte sie. Demnach sprachen die beiden wieder miteinander. Ich wertete es als Fortschritt. Elfie erklärte, sie habe Egon nach dem Fiasko mit Marion trösten wollen. Dann hatte sie die blöde Idee gehabt, ihm zu gestehen, dass sie mit Dobrowsky rumgemacht hatte.

„Männer!“, sagte ich.

Nach einer weiteren Tasse Kaffee, schlug Elfies Stimmung um. Aggressiv reckte sie ihr Kinn und richtete sich zu ihrer vollen Grösse von einem Meter fünfzig auf. Mit zornrotem Kopf ging sie in Dobrowskys Zimmer.

„Frauen!“, sagte Kemal. Berta schnaubte. Wir hatten ganz vergessen, dass sie noch wach war. Ich trank noch eine Tasse Kaffee, um für den Schwangerschaftstest pinkeln zu können.

Als ich von der Toilette zurückkam, war Elfie schon gegangen. Kemal sagte, sie sei sehr wütend aus Dobrowskys Zimmer gekommen. Noch viel wütender, als sie hinein gegangen war.

Ich hörte nicht richtig zu. Mein Kopf war wie leer gefegt. Ich konnte nur an die zwei Striche auf dem Teststreifen denken. Obwohl mein Herz jetzt schon gegen meine Rippen wummerte, trank ich noch einen Kaffee. Dann ging ich in Dobrowskys Zimmer.

Am nächsten Morgen erfuhren wir, dass Dobrowsky in der Nacht gestorben war.

***

Ich liess Agnes Zeit, sich zu sammeln.

„Woran ist er gestorben?“, fragte ich. Sie schwieg eine Weile.

„Herzinfarkt?“, schlug sie vor.

Ich wusste einen Moment nicht, wie ich all die Fragen formulieren sollte, die mir auf der Zunge lagen: „Warum hatte Dobrowsky aus heiterem Himmel einen Herzinfarkt? Ist er Nicoles Vater? Haben Sie ihn umgebracht? Wie haben Sie es gemacht?“ Und nicht zuletzt: „Was mache ich, wenn ich erfahre, dass Sie ihn umgebracht haben?“

„Was ist passiert, als Sie in Dobrowskys Zimmer waren?“, fragte ich vorsichtig.

Kapitel 15

Kemal rieb sich die Augen. Berta sah wie ein kleiner Vogel aus zwischen den weissen Bettlaken. Ein Schlauch steckte in ihrer Nase, ein weiterer in ihrer Halsvene, ein dritter führte in den Urinbeutel, der am Bettrand hing. Ihre Augenlider flatterten.

Egal, ob sie jetzt oder in ein paar Jahren starb, Kemal war so oder so erledigt. Es war nur eine Frage der Zeit, bis die Scheinehe aufflog und er ausgewiesen wurde. Er war nicht hinter ihrem Geld her. Er hatte nicht mal gewusst, dass Berta reich war. Sein Cousin Kemal hatte es auch nicht gewusst. Sonst hätte er ihm den Tausch ihrer Identitäten nicht vorgeschlagen, dachte Kemal bitter. Inzwischen hatte er erfahren, dass sein Cousin, beziehungsweise jetzt er, seit drei Jahren wegen Dienstverweigerung in der Türkei gesucht wurde. Deswegen war er also in die Schweiz geflüchtet. Eine kleine Rache für Kemal war, dass sein Cousin jetzt doch noch an seiner Stelle eingezogen worden war. Kemal selbst drohte allerdings die Verhaftung, sobald er in die Türkei einreiste.

Berta machte die Augen auf. Verwirrt schaute sie um sich. Ihre Miene hellte sich auf, als sie Kemal erkannte. Sie verlangte zu wissen, was ihr zugestossen war. Kemal erzählte von ihrer Wiederbelebung.

„Warum machst du denn so ein Gesicht, als wäre gerade deine Frau gestorben?“, fragte sie. In den letzten Tagen hatte sich Kemal an ihren schrägen Humor gewöhnt. Er mochte die alte Dame. Dass sie völlig klar im Kopf war, hatte er auch festgestellt. Er erzählte ihr, dass ihre Scheinehe aufgeflogen war und ihn in der Türkei ein Haftbefehl erwartete.

„Wenn ich nach oben spucke, treffe ich den Schnurrbart, wenn ich nach unten spucke, den Bart“, schloss Kemal seinen Bericht.

„Türkisches Sprichwort, nehme ich an“, lachte Berta. „Dann spuck mal am besten nicht.“

***

Nicht nur auf der Intensivstation ging es turbulent zu in dieser Nacht. Schwester Rosa hatte auch alle Hände voll zu tun. Der Gebärsaal war voll wie schon lange nicht mehr. Die Ärzte waren alle im Moment unbrauchbar. Die Gründe waren unterschiedlich: krank, Bein gebrochen, entzündeter Blinddarm, Liebeskummer, beleidigt. Sie war praktisch allein mit drei Frauen, die gleichzeitig in den Wehen lagen. Eine weitere hatte gerade erst geboren, verlor aber immer noch Blut. Schwester Rosa nahm mehrere Infusionsbeutel aus dem Medikamentenschrank. Sie zog den Inhalt einer Ampulle Methergin auf, spritzte sie in einen der Infusionsbeutel und schrieb ihn sorgfältig an. Damit sollte sich die Gebärmutter zusammenziehen und die Blutung zum Stillstand kommen. In diesem Moment rief Dobrowsky an und verlangte nach ihr. Sie rannte zuerst zu der Frau, die immer noch stark blutete, um ihr die Infusion anzuhängen. Inzwischen liess Dobrowsky das Telefon ununterbrochen klingeln.

Der Arzt, der für die Intensivstation zuständig war, hatte klar gemacht, dass Dobrowsky dort nur geduldet, aber nicht behandelt wurde. Das Personal weigerte sich, für ihn auch nur die Bettpfanne zu leeren. Sogar die Infusionsbeutel musste Schwester Rosa aus dem Gebärsaal mitbringen. Ausser Atem trat Schwester Rosa in Dobrowskys Zimmer ein und hängte ihm den mitgebrachten Infusionsbeutel an. Dann eilte sie wieder zurück in den Gebärsaal.

***

Elfie trat in Dobrowskys Zimmer. Dobrowsky musste lachen, als er sie sah, verzog aber sofort schmerzhaft das Gesicht.

„Hör mal, Piepmatz, es war nett mit dir. Aber im Moment bin ich nicht in Stimmung. Komm morgen wieder“, sagte er.

Wütend wollte Elfie wissen, ob es überhaupt eine Frau gab, der er nicht Tridon gegeben hatte, nachdem er mit ihr Sex gehabt hatte. Dobrowsky grinste.

„Die Alten und Hässlichen nahmen es auch ohne Sex. Bei Jungen und Hübschen, auch wenn sie zu klein geraten sind, sagte ich nicht nein.“

Elfie reichte es. Als sie das Zimmer wieder verlassen wollte, sagte Dobrowsky:

„Drehst du mal an der Infusion? Es ist Morphin drin, aber die Hebamme hat sie so langsam eingestellt, ich merke gar nichts davon.“

Oh. Elfie erinnerte sich an die Ampulle, die Kemal Agnes gegeben hatte. Wahrscheinlich hatte er sie bei Dobrowsky geklaut und jetzt war nichts gegen die Schmerzen in der Infusion. Elfie zögerte kurz, dann drehte sie die Infusion auf, bevor sie das Zimmer verliess. Sollte er doch schauen, wie er klar kam.

***

Schwester Rosa klingelte Lindemann aus dem Bett. Die Frau im Gebärsaal hörte nicht auf, Blut zu verlieren. Lindemann reagierte ungehalten, als er erfuhr, dass er sich um eine Blutung nach einer Geburt kümmern sollte. Fast jede Nacht klingelten ihn irgendwelche Witzbolde mit verstellter Stimme aus dem Schlaf und meldeten einen Notfall im Gebärsaal. Zwei Minuten später kam der nächste Anruf, der Notfall sei, mit der Cucaracha Methode behoben worden, er könne weiter schlafen. Aber dieses Mal war Schwester Rosa am Telefon, die alte Nonne würde ihn kaum verarschen wollen.

Kaum hatte Schwester Rosa aufgelegt, fiel ihr Blick auf die Infusion der Patientin. Auf einmal wurde ihr siedend heiss bewusst, dass sie in der Hektik die Infusionen vertauscht haben musste. Dobrowsky hatte diejenige bekommen, welche sie für die junge Mutter vorbereitet hatte. Schnell spritzte sie der leichenblassen Frau eine Ampulle Methergin. Dobrowsky hatte keine Gebärmutter, es dürfte nicht so schlimm sein, dass er das falsche Medikament bekommen hatte. Sie hatte seine Infusion ohnehin sehr langsam eingestellt. Das würde er wegstecken, bis sie Zeit hatte, sich um ihn zu kümmern.

***

Der Kreislauf der jungen Frau war stabil und die Blutung hatte aufgehört, als Lindemann in den

Gebärsaal kam. Sie war aber kaum noch bei Bewusstsein. Er verlegte sie auf die Intensivstation, damit sie besser überwacht werden konnte. Schwester Rosa bat ihn, die Patientin selber zu begleiten.

„Und“, sagte sie nach kurzem Zögern, „schauen Sie doch bitte auch, ob bei Herrn Doktor Dobrowsky alles in Ordnung ist. Ich habe sehr viel zu tun. Ich kann im Moment nicht von hier weg.“

Lindemann ärgerte sich, dass sie ihn wie einen Laufburschen behandelte, sah aber ein, dass Schwester Rosa Hilfe brauchte. Wiederwillig trat er in Dobrowskys Zimmer. Mit Genugtuung registrierte er, dass er in einer Art Besenschrank untergebracht worden war. Dobrowsky schwitzte stark und verzog das Gesicht, als hätte er Schmerzen. Lindemanns Mitgefühl hielt sich in Grenzen. Dobrowsky fragte:

„Musst du heute Nacht nicht im Gebärsaal tanzen und singen?“

Lindemann drehte sich um und wollte gehen. Dobrowsky rief:

„Wenn du schon hier bist, dreh diese verdammte Infusion etwas auf. Das Schmerzmittel taugt nichts und ich will nicht wieder Schwester Rosa rufen müssen.“

Lindemann hasste den Mann. Er hatte ihn zum Gespött aller gemacht. Seine Karriere war zerstört und Agnes wollte nichts mehr von ihm wissen. Am liebsten würde er Dobrowsky leiden lassen. Doch er wollte nicht, dass sich Schwester Rosa wieder hinauf bemühen musste. Wütend drehte er am Rädchen, das die Flüssigkeit schneller in Dobrowskys Adern laufen liess. Dabei fiel sein Blick auf den

Infusionsbeutel. Eine Etikette klebte darauf, beschriftet mit Methergin.

Lindemann überlegte blitzschnell. Das Methergin gehörte offensichtlich nicht in Dobrowskys Infusion. Da er keine Gebärmutter hatte, würde es ihm aber wahrscheinlich nicht schaden. Kopfschmerzen, Übelkeit, Bauchschmerzen. Nichts, womit er nicht fertig würde. Lindemann machte die Türe hinter sich zu.

Er legte sich schlafen. „Ausser, er hat ein Herzproblem. Oder einen hohen Blutdruck", ging es Lindemann durch den Kopf.

„Ach, was", dachte Lindemann, „Dobrowsky sieht aus wie ein Ochse." Das war sein letzter Gedanke, bevor er weg döste.

***

Agnes trat in das vollgestellte Krankenzimmer.

„Ich bin schwanger!", platzte sie heraus. Dobrowsky schaute sie gereizt an.

„Komm nächste Woche wieder. Im Moment passt es schlecht." Agnes wich alle Farbe aus dem Gesicht.

„Du hast mir Tridon gegeben. Ich wusste nicht, dass die Pille dadurch wirkungslos wird."

„Ich habe immer noch keine Ahnung wovon du redest, Mädchen. Wenn du ein Problem hast, sag es Lindemann. Er hilft dir sicher. Oder du wartest, bis ich wieder gesund bin. Dann kümmere ich mich darum."

Agnes schossen Tränen in die Augen. Sie hielt den Anblick dieses Mannes nicht mehr aus. Sie drehte sich um. Dobrowsky rief:

„Warte! Bevor du hinausgehst, stell die Infusion schneller. Die verdammten Medikamente nützen gar nichts."

„Dann krepier eben!", sagte sie wütend. Als sie aber bemerkte, dass er wirklich schlecht aussah, bekam sie ein schlechtes Gewissen. Er schwitzte stark und unter seinen Augen zeichneten sich dunkle Ringe ab. Sie drehte die Infusion auf. Dabei sah sie die Etikette mit Schwester Rosas Schönschrift auf dem Beutel. Wieso bekam er Methergin, fragte sie sich flüchtig. Das war doch das Zeug aus dem Gebärsaal, das zu hoch dosiert zu einem Herzinfarkt führen konnte. Aber es war ihr eigentlich egal. Tränen überströmt verliess sie das Zimmer.

***

Koller konnte nicht schlafen. Seine Frau hatte am Samstag, noch am Abend des Festes ihre Koffer gepackt und war zu einer Freundin gegangen. Seither hatte sich Koller praktisch von Whisky ernährt. Sein Magengeschwür brannte wie Feuer. Am Morgen hatte er Blut gespuckt.

Dass Astrid gegangen war, berührte ihn seltsam wenig. Er konnte nicht aufhören, an Marion zu denken. Es war weit nach Mitternacht. Er hatte noch kein Auge zugemacht und sass immer noch bekleidet in seinem Wohnzimmer. Eine heisse Welle der Wut kochte in ihm hoch. Er fuhr ins Krankenhaus und nahm den Aufzug in die Intensivstation. Er betrat die Rumpelkammer, in der Dobrowsky lag.

Dobrowsky schaute ihn mit glasigen Augen an. Sein Atem ging stossweise. Der Mistkerl machte immer noch Theater. Koller liess sich nichts vormachen. Die ganze Bitterkeit der letzten Jahre brach aus ihm heraus.

Dobrowsky zeigte auf die Infusion und krächzte: „Schneller!“ Sie lief schon sehr schnell.

„Sogar im Krankenbett kannst du den Hals nicht voll kriegen“, sagte Koller verärgert. Mit zitternden Händen drehte er eine Spur zu stark am Rädchen. Der ganze Inhalt verschwand auf einmal in Dobrowskys Kreislauf.

„Aaah!“, sagte Dobrowsky und verdrehte die Augen.

Koller wurde schlagartig nüchtern. Er tastete nach Dobrowskys Puls. Nichts. Verdammt. Schnell drehte er das Rädchen wieder zurück. Fassungslos starrte er auf den leeren Infusionsbeutel. Er sah die Etikette und las Methergin.

Koller schossen mehrere Gedanken gleichzeitig durch den Kopf: Reanimationsalarm auslösen? Warum hing Dobrowsky an der Infusion mit Methergin? Hatte dieser Lindemann die Infusionen verwechselt? Methergin wurde nur im Gebärsaal gebraucht. Eine Überdosis führte zu Gefässspasmen, hohem Blutdruck, Herzinfarkt.

Reanimationsalarm?

Mit einem entschlossenen Ruck riss er den mit Methergin beschrifteten Kleber vom Infusionsbeutel. Er ging aus dem Zimmer. Der junge Postbote sass neben einem Bett und schaute ihn an. Was zum Teufel machte der hier um diese Zeit?

Koller machte Dobrowskys Türe wieder auf und rief hinein:

„Gute Besserung, und erhol dich gut!“

Nach einem knappen Gruss zum Postboten entfernte er sich eilig.

Kurze Zeit nach Kollers Besuch schaute eine Krankenschwester nach Dobrowsky. Nach einem Blick ins Zimmer schlug sie Alarm. Dobrowsky war tot.

Kapitel 16

Am nächsten Tag wurde Kemals Frau Berta wieder zurück in ihr Zimmer verlegt. Als Kemal sie besuchte, traf er auf den Psychologen. Berta sass kerzengerade in ihrem Bett und setzte ihre krakelige Unterschrift auf ein Papier. Sie überreichte es dem Mann, der das Papierstück hastig in seine Tasche steckte. Berta sagte:

„Ich habe ihm mein Geld vermacht." Sie nuschelte, da sie ihre Zähne nicht eingesetzt hatte, trotzdem drückte sie sich vollkommen klar aus.

„Ich habe dir auch etwas überlassen", sagte sie zu Kemal. „Nicht viel, sonst hättest du nur die Polizei am Hals." Mit einem Seufzer liess sie sich in ihre Kissen zurückfallen. „Sie werden dich jetzt vermutlich wegen Ehebetrug bald ausschaffen." Ihre Stimme wurde mit jedem Satz etwas leiser. Sie schloss die Augen. Im nächsten Moment begann sie leise zu schnarchen. Der Psychologe wirkte verlegen.

„Sie wollte nicht, dass ihre gierigen Grossneffen sie beerben. Deshalb auch die Ehe mit ihnen. Aber wie ich hörte, ist die Fremdenpolizei dahinter gekommen", sagte er zu Kemal.

Kemal liess die Schultern hängen.

„Hören Sie...", begann der Psychologe zögerlich. „Berta hat mir erzählt, dass gestern dieser Arzt gestorben ist. Wir hätten da eine Idee, die Ihnen vielleicht helfen könnte ..."

Kemal musste seinen ganzen Mut zusammennehmen. Aber zu verlieren hatte er nichts mehr. Er klopfte an Kollers Türe.

Trotz einiger Sprachprobleme begriff Koller schnell. Das mit dem Spucken und Bart verstand er zwar nicht auf Anhieb, aber sinngemäss war es klar. Kemal und Berta waren bereit, niemandem zu erzählen, dass Koller kurz vor Dobrowskys Tod in dessen Zimmer gewesen war. Dafür wollte Kemal eine neue Identität.

Koller überlegte. Einen Pass würde er dem Mann nicht beschaffen können. Aber irgendwas würde sich machen lassen. Er musste mit den anderen Chefärzten reden. Odermatt hatte Dobrowsky operiert. Weder er, noch der Anästhesist, der dabei gewesen war, noch Brunner, der Dobrowsky auf der Intensivstation schlampig überwachen liess, hatten ein Interesse, dass die Polizei herumschnüffelte.

Kemal wartete geduldig, während Koller überlegte.

„Können Sie Auto fahren?“, fragte er. Kemal bejahte.

Die anderen Chefärzte mussten in Kemals Problem eingeweiht werden, ohne dass Koller ihnen zu viel verriet. Odermatt, der sich nie um Formalitäten kümmerte, hatte immer schon Leute angestellt, ohne nach ihren Papieren zu fragen. Er beschäftigte seit Jahren eine Oberärztin mit einem gefälschten Diplom.

„Wir brauchen einen Ambulanzfahrer. Ich werde im Personalbüro sagen, dass Ihre Unterlagen bei mir sind. Im Personalhaus gibt es freie Zimmer.

Den Schlüssel können Sie bei Fräulein Sarah abholen."

Koller wedelte mit der Hand, als würde er eine Fliege verscheuchen.

***

Ein paar Tage später sass Agnes mit den anderen in der Cafeteria. Egon und Elfie konnten die Finger nicht voneinander lassen. Martin verdrehte bei ihrem Anblick genervt die Augen, strahlte aber übers ganze Gesicht. Die letzte Operation war gut gegangen. In der Physiotherapie machte er Fortschritte. Er sass nicht mehr im Rollstuhl, bald würde er nach Hause entlassen werden.

Auch Kemal war glücklich. Er erzählte ihnen, dass er jetzt zwar überhaupt keine Papiere mehr hatte, aber dank Koller einen sicheren Job und freie Unterkunft. Solange Koller hier etwas zu sagen hatte, würde ihn niemand behelligen. Er sei jetzt weiss wie ein Löffel, der aus einer Tasse Milch kam, erklärte er.

Am nächsten Tag würde Dobrowsky beerdigt werden. Agnes hatte Egon und Elfie von ihrer Schwangerschaft erzählt. Sie waren schockiert gewesen, hatten sie aber sofort in die Arme genommen. Agnes wusste, sie würden sie unterstützen, egal wie sie sich entschied.

Kapitel 17

Agnes verlagerte ihr Gewicht auf den linken Fuss. Sie wollte nicht wie ein Kleinkind herumzappeln, aber sie fror und musste dringend ihre Blase entleeren. Den grössten Teil der Grabrede hatte sie verpasst, weil sie zu spät gekommen war. Dabei gab sich der Pfarrer so schön Mühe. Der Klinikverwalter sah aus, als könnte er seine Tränen nur mit Mühe zurück halten. Er war allerdings der Einzige. Der Pfarrer sagte:

„Nach Hermann Dobrowskys Tod bleibt eine klaffende Lücke zurück."

Klaffende Lücke und Dobrowsky hörte sich wie der Anfang eines obszönen Witzes an. Ein nervöses Kichern drückte sich von ihrer Kehle in ihren Mund. Agnes versuchte das Geräusch mit einem bellenden Niesen zu kaschieren.

Egon fuhr zusammen.

„Spinnst du?", zischte er ihr zu.

Sofort schlichen sich bei Agnes wieder Schuldgefühle ein. Und Angst. Eine Panikattacke konnte sie sich jetzt nicht leisten. Es nützte nichts und niemand wusste, was sie mit Dobrowsky angestellt hatte.

Der Pfarrer schien irritiert, rief dann umso lauter:

„Du warst im Leben so bescheiden, nur Pflicht und Arbeit kanntest du." Agnes stöhnte. Um sich abzulenken, hob sie den Kopf und schaute sich um. In diesem Moment drehte sich zwei Reihen weiter vorne ein Mann zu ihr um und rollte theatralisch die Augen. Agnes schnappte nach Luft. Wo kam der denn jetzt wieder her? Verlegen schaute sie weg. Als sie wieder nach vorne schaute, zwinkerte ihr der Mann belustigt zu, bevor er sich wegdrehte und mit der Menge verschmolz. Kein Zweifel, die strubbligen Haare, der zerknitterte Anzug und der spöttische Blick waren unverkennbar. Agnes sah gerade noch wie er sich unauffällig absetzte und um die Ecke verschwand. Sie starrte ihm nach, während ihr siedend heiss einfiel, was der Mann alles über sie wusste. „Scheisse“, dachte sie, „ich habe ihm mein Innerstes herausgekehrt und ich kenne nicht einmal seinen Namen.“

Wenigstens Egon ging es gut. Sie drehte den Kopf ein wenig, um ihn besser sehen zu können. So entspannt hatte sie ihn seit Jahren nicht mehr erlebt. Ein Lächeln breitete sich in Egons Gesicht aus, als Elfie unauffällig ihr Bein an ihn rieb. Der Pfarrer sagte: „Das Schönste, was ein Mensch hinterlassen kann, ist ein Lächeln im Gesicht derjenigen, die an ihn denken.“ Egon grinste jetzt breit.

***

Egon schauderte lustvoll. Seit einer Woche waren Elfie und er Tag und Nacht im Bett gewesen. Sie stellte fantastische Sachen mit ihm an. Und sie gab ihm das Gefühl, grossartig zu sein. Sie hing an seinen Lippen, wenn er etwas erzählte und lachte über seine Witze.

Vor einer Woche hatte Elfie vollkommen aufgelöst an seine Zimmertüre im Personalhaus geklopft. Egon war so überrascht gewesen, dass er sich weder über seinen hässlichen Schlafanzug, noch über die im muffigen Zimmer achtlos verteilten Kleidungsstücke Sorgen gemacht hatte. Er hatte sie in die Arme genommen und ihren Rücken gestreichelt, bis sie aufgehört hatte zu schluchzen. Sie hatte ihm von Dobrowskys Tod erzählt. Sie vermutete, er sei gestorben, weil er zu viel Schmerzen gehabt habe. Und das sei allein ihre Schuld. Egon hatte gestutzt. Also, ehrlich, Elfie reichte ihm gerade mal bis zur Schulter. Dobrowsky war ein Ochse gewesen. Elfie war zart, zierlich, ja durchsichtig fast. So viel war klar: warum auch immer dieser Ochse Dobrowsky gestorben war, Elfie traf keine Schuld. Niemand hätte das voraussehen können. Sicher nicht Elfie. Als Arzt mit acht Monaten und einer Woche Berufserfahrung konnte er das mit Sicherheit sagen.

***

Elfie stellte sich auf die Fussspitzen und streckte den Hals. Der Pfarrer hatte seine Rede beendet. Sie spähte auf die spärlich behaarten Hinterköpfe der Chefärzte. Einer nach dem anderen bewegte sich nach vorne. Wahrscheinlich warfen sie Blumen aufs Grab. Sie verstand nicht mehr, warum sie sich noch vor einer Woche wegen Dobrowskys Tod so elend gefühlt hatte. Laut Egon war irgendwas mit seinem Metabolismus nicht in Ordnung gewesen. Egal, jetzt war der blöde Sack tot, da konnte man nichts mehr tun. Unauffällig rieb sie ihr Bein an Egon und sah wie er breit zu grinsen begann. Sie war so verliebt wie seit Jahren nicht mehr. „Ich könnte vor Glück auf Dobrowskys Grab tanzen", dachte sie.

***

„Jesus Maria! Rosa, hast du jetzt auch noch den Herrn Doktor Dobrowsky umgebracht?“, fragte sich Schwester Rosa kummervoll. Hätte sie sich der Polizei stellen sollen? Ihren Lebensabend wollte sie aber nicht hinter Gittern verbringen. So etwas durfte sie ihrem irdischen Chef Koller nicht antun. Mit einem raschen Blick zum Himmel entschuldigte sie sich bei ihrem obersten Chef. Mit dem musste sie in dieser Sache auch noch verhandeln.

Vor einer Woche war sie, von Gewissensbissen zerfressen, zu Herrn Doktor Koller gegangen und hatte von ihrem Beitrag zu Dobrowskys Ableben berichtet. Der Chefarzt hatte aber ganz und gar nicht so reagiert, wie sie erwartet hatte. Die ganze Zeit hatte er ausgesehen wie eine Katze vor dem Mausloch. Dann, als Schwester Rosa sagte, sie wolle sich der Polizei stellen, hatte er sie an den Schultern gepackt und geschüttelt bis ihr die Zähne klapperten.

„Das dürfen Sie nicht, Schwester Rosa. Ein Fehler kann jedem Mal passieren“, hatte er geschrien. „Was ist das schon im Vergleich zu all dem Leben, das Sie bisher gerettet haben?“

Die Rechnung stimmte, hinterliess aber trotzdem Schuldgefühle. Schwester Rosa war nicht dumm. Irgendwie war ihr klar, dass sich Doktor Koller merkwürdig benahm. So, als hätte sie ihn mit beiden Händen im Honigtopf erwischt. Trotzdem wusste sie, dass sie schuldig war. „Rosa, mach nie wieder so einen Fehler“, gelobte Schwester Rosa. Es war Zeit, die Mutter Oberin zu bitten, sie zur Busse nach Haiti zu versetzen.

***

Koller schaute auf das frische Grab. Wie oft hatte er Dobrowsky in den letzten Jahren zum Teufel gewünscht. Damals, nach dieser Geschichte mit Marion, hatte er sich nächtelang an qualvollen Todesarten für Dobrowsky geweidet. So hatte er diese Zeit überhaupt überstanden. Dann war der Kerl einfach plötzlich tot umgefallen. Die Tatsache, dass er krepiert war, war ja an sich nicht schlecht. Aber Koller hatte Angst, dass jemand dahinter kam, was er getan hatte.

Die Tage nach Dobrowskys Tod waren ein einziges Feilschen mit höheren Mächten gewesen. In endlosen Selbstgesprächen hatte er erklärt, es sei ein Unfall gewesen, kein Vorsatz, schon gar nicht Mord. Fräulein Sarah hatte ihn einmal dabei erwischt und zum Glück angenommen, er würde einen Operationsbericht diktieren.

Dann, als er kurz vor dem Einknicken war, war der Autopsiebericht eingetroffen. Das Schriftstück, das Koller in den Händen hielt, war so nichtssagend wie unverfänglich. „Tod durch Herzinfarkt". Verfasst von einem schlampigen, nach Formalin stinkenden Pathologen. Koller hätte ihn küssen können.

Koller hatte sich mit einem tiefen Seufzer hingesetzt und den Bericht vor sich ausgebreitet, als es an der Türe klopfte. Zögerlich war sie aufgegangen und die zähe, kleine Ordensschwester Rosa war in sein Büro getrippelt.

„Es war kein natürlicher Tod", platzte sie heraus. Hatte der unverschämte Postbote doch noch ausgepackt?

Es war ein Albtraum. Schwester Rosa redete, Koller verstand nur etwa jedes dritte Wort. Der Rest ging in einem Pochen und Hämmern in seinen Ohren unter. Fieberhaft ging Koller die Liste der möglichen Sündenböcke nochmals durch. Der Oberarzt Lindemann bettelte geradezu darum, beschuldigt zu werden. Koller machte den Mund auf, um Lindemann ans Messer zu liefern und klappte ihn wieder zu. Gerade noch rechtzeitig hatte er gehört, dass Schwester Rosa sagte:

„Ich kann mich der Polizei stellen, ich kann aber auch Mutter Oberin bitten, mich nach Haiti zu versetzen."

Koller war vollkommen rätselhaft, wie Schwester Rosa auf die Idee kam, sich selbst anzuklagen. Er reagierte aber blitzschnell. In Haiti Busse tun, war später immer noch eine Option für Schwester Rosas Sünden. Vorläufig wurde sie hier, in Blumenthal gebraucht.

Zufrieden mit sich legte Koller Blumen aufs Grab. Er stiess dabei fast mit Alois Lindemann zusammen, der eine Entschuldigung murmelte.

„So ein Einfaltspinsel", dachte Koller gereizt.

***

Lindemann schrak zusammen. Er war schreckhaft geworden seit Dobrowskys Tod. Er fühlte sich verfolgt. „In der Medizin gibt es nichts, was es nicht gibt", ging es ihm durch den Kopf. Ein viel gehörter Satz, aber trotzdem, wie war das nur möglich? Dobrowsky hatte immer gesund ausgesehen und war scheinbar stark wie ein Ochse gewesen. Alois hatte Tage lang abwechselnd intensiv mit einem heissen

Hass und einer kalten Wut an Dobrowsky gedacht, dass er wahrscheinlich deswegen und nicht wegen des Methergins krepiert war. Der mentale Mord. „Das gibt es doch nicht", dachte er wieder. Doch nun war der Mann schon unter der Erde. „Mensch, Alois", dachte Alois, „du hast ihn auf dem Gewissen".

***

Alois Lindemann hörte klappernde Schritte hinter sich und machte Alfred Platz. Alfred schleppte sich auf seinen Krücken an das Grab, schaute grimmig hinein und wieder in das Gesicht von Alois. Dieser senkte schuldbewusst die Augen. Alfred rieb sich langsam das schmerzende Bein, schaute nochmals in das Grab und murmelte:

„So ein Arschloch!"

Teil 3: 1992

Mehr als ein Jahr verging, bis sich Agnes wieder bei mir meldete. Seit sie die Stelle angenommen hatte und mit ihrer Tochter nach Blumenthal abgereist war, hatte ich nichts mehr von ihr gehört.

Ich sass in meiner Praxis und las Geralds Brief. Ich kannte ihn inzwischen auswendig. Wie die anderen fünfzehn, die er in den letzten Tagen geschrieben hatte. Es waren lustige kleine Briefe, wie er sie zu schreiben pflegte, als ich noch eine Studentin war. Ich legte den Brief beiseite und holte Agnes beim Empfang ab. Sie schien erleichtert, Frau Meiers neugierigen Blicken entgehen zu können. Ich bat sie Platz zu nehmen.

„Es gab einen Zwischenfall", platzte sie heraus.

Die Geschichte begann mit einem gewöhnlichen Krankentransport an einem Wintertag. Mit Kemal als Ambulanzfahrer, dem temperamentvollen Medizinstudenten Martin, dem undurchsichtigen Psychologen und Agnes an Bord. Sie blieben mit zwei Leichen, einem Koffer voller Banknoten und einem Schrumpfkopf in einer Hutschachtel im Tiefschnee stecken.

„Erzählen Sie!", sagte ich.

18463042R00118

Printed in Poland
by Amazon Fulfillment
Poland Sp. z o.o., Wrocław